BIBLIOTHÈQUE DE LA JEUNESSE
FILS DE VEUVE
PAR Mme CHABRIER-RIEDER
LIBRAIRIE 2f50 HACHETTE
Auzaroch

Bibliothèque des Écoles et des Familles

1re SÉRIE
Format grand in-8 (28 x 18)
Chaque volume :
broché........... **12 fr.**
relié percaline, tranches dorées........... **19 fr.**

ABOUT (E.) : **L'homme à l'oreille cassée.**
Le roman d'un brave homme.
AVEZAN (D') : **Enfant d'adoption.**
BEECKER STOWE : **La case de l'oncle Tom.**
CAHUN : **Aventures du Capitaine Magon.**
CERVANTÈS SAAVEDRA : **Don Quichotte de la Manche.**
CHARLIEU (H. DE) : **Mademoiselle Olulu.**
Le dernier des Castel-Magnac.
Le Fils du Naufragé.
CIM (Alb.) : **Grand'mère et petit-fils.**
Disparu.
GÉNIAUX (Charles) : **Petit poète et grand roi.**
GOURDAULT (J.) : **La Suisse pittoresque.**
JEANROY (B.-A.) : **L'Enfant de Saint-Marc.**
MAËL (P.) : **Robinson et Robinsonne.**
Le trésor de Madeleine.
MAËL (P.) : **Fleur de France.**
Un mousse de Surcouf.
Cambriole.
Lance et Quenouille.
Les deux Tigresses.

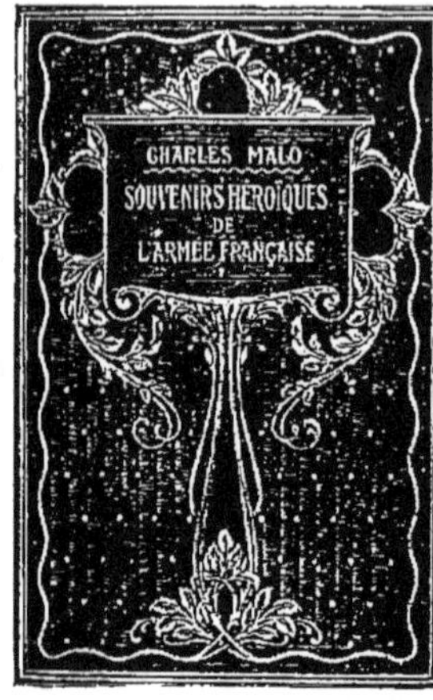

MAËL (P.) : **Le Talisman.**
MEYRA : **Le Fakir.**
MOUTON (Eugène) : **Aventures et mésaventures de Joel Kerbabu.**
Ouvrage couronné par l'Académie française.
MONNIER : **Notre belle Patrie. Sites pittoresques de la France.**
RAYNAL : **Les Naufragés.**
ROUSSELET (L.) : **Sur les confins du Maroc.**
SCOTT (Walter) : **Ivanhoë.**
TOUDOUZE (G.) : **La vengeance des Peaux-de-Biques.**
L'Enfant perdu.
Le voltigeur hollandais.
VERNOU (P.) : **Pirate de l'air.**
WYSS (J.) : **Le Robinson suisse.**

2e SÉRIE
Format in-8 (25 x 17)
Chaque volume :
broché.......... **10 fr.**
relié percaline, tranches dorées.......... **16 fr.**

ABOUT (E.) : **Nouvelles et souvenirs.**
Le roi des montagnes.
ARTHEZ (Danielle d') : **Les tribulations de Nicolas Mender.**
BEAUREGARD (G. DE) : **Le rubis de Lapérouse.**
BOLAND (H.) : **Excursions en France.**
BOVET (Mme DE) : **Mademoiselle l'Amirale.**
CAHUN (L.) : **Les pilotes d'Ango.**
COLOMB (Mme J.) : **Le violoneux de la Sapinière.**
La fille des bohémiens.
Mon oncle d'Amérique.
Les étapes de Madeleine.
La fille des bohémiens.
COOPER (Fenimoore) : **Le dernier des Mohicans.**
CORNEILLE : **Œuvres choisies.**
DICKENS (C.) : **David Copperfield.**
DOURLIAC (A.) : **Fleur des ruines.**
GAFFEREL (P.) : **Les campagnes de la première République.**
GIRARDIN (J.) : **Les millions de la tante Zézé.**
Le commis de M. Bouvat.
PERRAULT : **Fière devise.**

Pour la collection complète, demander le Catalogue de Distribution de Prix.

FILS DE VEUVE

DONALD VINT S'AGENOUILLER DEVANT SA MÈRE.

BIBLIOTHÈQUE DE LA JEUNESSE

FILS DE VEUVE

PAR

CHARLOTTE CHABRIER-RIEDER

ILLUSTRATIONS D'APRÈS STRIMPL

LIBRAIRIE HACHETTE
79, BOULEVARD SAINT-GERMAIN, PARIS

A MES NEVEUX

JEAN BAGARY

ET

WITOLD BLOCISWESKY

« Laissez, je le porterai moi-même, n'y touchez pas... »

FILS DE VEUVE

I

Nouvelle vie.

Le déménageur dit, jovial :

« Méfiez-vous, ma p'tite dame. Sortez de mon chemin. Des fois que le pied ou la main viendrait à me manquer... c'te bibliothèque ne serait pas bonne à recevoir sur la tête.... »

La « p'tite dame » était une grande jeune femme blonde en habits de deuil. Sa physionomie était faite de douceur et d'énergie. Sous la couronne de ses cheveux dorés, ses traits, pâlis par le chagrin ou par la fatigue, conservaient pourtant une joliesse quasi enfantine, et ses yeux bleus, ombrés de noir, la limpidité d'un regard de toute jeune fille.

Elle recula sur le passage de l'homme, et à ses paroles bon enfant, essaya de répondre par un sourire. Mais que ce sourire était triste, et sur ce joli visage défait, plus émouvant que toutes les larmes !

Seule pour tenir tête à une équipe de déménageurs, non moins désastreux qu'une horde de barbares rués dans la place, la jeune femme les regardait avec inquiétude enlever ses meubles, se demandant s'il en était un seul qui sortirait intact de leurs mains. Chacun de ces objets lui rappelait un souvenir. Bon ou mauvais, son passé était fait de tout cela. La trame de sa vie en était tissée. Et c'était toute une partie de son existence qu'ils emportaient avec eux.

Pêle-mêle, dans des paniers, gisaient les vêtements, avec les ustensiles de cuisine, les tableaux, les livres. « Mes pauvres livres ! » dit-elle avec effroi. Les hommes, que ne contenait aucune surveillance masculine, s'en donnaient à cœur-joie, se jetant les volumes, les rattrapant au vol : « Hardi, le piano ! aïe donc, l'armoire !... » L'un dit, en bousculant un secrétaire : « Sûr que ça ne vient pas du faubourg Antoine ! C'est tout de l'ancien ici. » « Sauf la p'tite dame », observa galamment le chef d'équipe. Il avait l'air d'un brave homme, celui-là. Et il conservait quelques égards, sentant confusément que ce déménagement ne ressemblait pas à ceux qu'il faisait tous les jours, et que cette jeune femme aux yeux rougis, à la bouche douloureuse, contenait, sous son attitude tranquille, quelque profond chagrin.

Et devant un tableau, une toile de petite dimension, représentant un portrait d'homme, un officier à la mine intelligente et fière, comme il restait en arrêt, regardant avec complaisance : « Une chic tête ! à la bonne heure ! i'me botte, celui-là ! vive l'armée ! » elle s'élança : « Laissez, je le porterai moi-même, n'y touchez pas... ». Et l'homme, reculant, surpris et confus : « Faites excuse, ma p'tite dame, gnia pas d'offense, je ne voulais pas vous chagriner ». Une expression de douleur bouleversait le visage de la jeune femme, elle serrait le portrait contre elle, comme un trésor, et elle balbutiait encore : « Laissez, je veux que personne n'y touche », tandis que l'homme, apitoyé, disait à mi-voix : « Pauv' dame, quelqu'un qu'elle a perdu pour sûr... p't-être bien son mari, seulement ! Ah ! malheur de malheur, ce que c'est que de nous, tout de même ! »

La journée s'avançait, ces journées de déménagement, si lugubres qu'elles sont presque des journées de funérailles. Dans la cour, parmi la débandade du mobilier, la concierge se tenait debout, appuyée sur son balai. Énorme, ventre en avant, dépenaillée sous une camisole crasseuse, cheveux en désordre qui lui tombaient dans les yeux, elle offrait la silhouette grotesque des commères dessinées par le crayon caricatural d'un Jean Veber. Du regard mauvais de ses yeux enfoncés dans la graisse blafarde, elle suivait les allées et venues des déménageurs, et échangeait ses impressions, sur un ton de voix criard, avec une femme occupée à laver du linge dans un baquet.

« Tout de même, ma chère, c'te femme de capitaine, qui faisait tant d'embarras, maintenant que la v'là veuve, va falloir changer de manière. Elle saura ce que c'est qu'd'être des pauv'créatures comme nous, qui n'ont personne pour les soutenir.

— Pour sûr alors ! » dit la laveuse, une courtaude avec une face enflammée et vineuse, — et pour cause, — et des yeux qui atteignaient le minimum de petitesse que peuvent avoir des yeux humains, si bien qu'ils n'étaient plus que des points quasi imperceptibles au milieu de l'incendie du visage.

« Hein, « ma chère », dire que ça se serait cru perdue d'venir faire un bout de causette dans la loge. Seulement un « bonjour, madame, bonsoir, madame », en passant, avec de la politesse encore, pour vous humilier. Et puis maintenant, qu'est-ce que ça va devenir, c'te femme d'officier, c'te Mme Goubaud. Si ça ne fait pas pitié !

— Pour sûr alors, dit la femme aux yeux de marcassin, qui dans le dialogue devait être accoutumée à donner la réplique, et tenir l'emploi classique des confidentes.

— Dès fois elle serait peut-être trop contente d'en garder une, de loge. Mais voilà, il faut la capacité. Ce n'est pas encore tout le monde qui saura faire une concierge ! Voulez-vous que je vous dise ? avec toute son instruction, sa musique, ses brevets, et le reste, ça ne sera qu'une coureuse de cachets, une pauvre institutrice, le rebut de la nature....

— Pour sûr, madame Béchu, acquiesça la confidente avec un redoublement d'énergie.

— Et son fils Donald ! si c'est possible de vous affubler d'un nom pareil ! Qu'est-ce qui dirait mon Ugène si je l'avais appelé Donald ? Croyez-vous qu'ils vont le garder dans leur collège, une école de faiseurs d'embarras, qu'on m'a dit, où qu'il payait déjà moins que les autres, vu qu'un père dans l'armée, c'est toujours flatteur pour l'établissement.... Où qu'elle va le mettre à présent ?... Tenez, pour en finir, voulez-vous savoir c'que ça deviendra, tout ce monde-là ?... ».

La confidente était sans doute avide de l'apprendre. Mais à cet instant, celle dont on constatait la ruine avec un air de mépris triomphant, Mme Goubaud, la veuve du capitaine, ayant descendu l'escalier, pas-

« ALLONS, CALMEZ-VOUS, MA BONNE SÉRAPHINE. »

sait devant les deux commères. Et il y avait dans son attitude quelque chose de si digne et de si imposant, que Mme Béchu devint soudain muette, comme par enchantement.

Mme Béchu suivit des yeux la jeune femme tandis qu'elle franchissait le seuil, puis s'éloignait dans la rue. Et lorsque la concierge se sentit hors d'atteinte de ce regard bleu qui faisait baisser le sien, elle lança d'une voix aigre cette flèche du Parthe :

« Elle n'a même pas droit à une pension, elle va manger du pain sec... et jusqu'à la fin ça prendra des airs de princesse! Si ça ne fait pas pitié!

— Pour sûr, M'âme Béchu! »

Mais celle que visent ces paroles grossières ne songe guère à les écouter. Au bout de la rue Boissonnade, vraie rue de province, où les fiacres sont rares, et que les jardins d'un couvent emplissent de verdure, elle s'arrête, elle s'est retournée. Elle tient, presque serré contre elle, le portrait qu'elle n'a voulu confier à personne. Et elle jette un long, un dernier regard, à ces lieux qui l'ont connue heureuse, femme choyée, aux côtés d'un être chéri. A voix basse elle dit : « Adieu, adieu, Georges, adieu, bien-aimé... ». Et sa voix tremblante, son fin visage, expriment une douleur poignante. Car de quitter ces lieux où ils ont vécu ensemble, il lui semble qu'elle s'éloigne encore un peu plus du cher disparu, que c'est une seconde séparation, plus amère encore que la première. Ici, elle avait gardé tous les souvenirs de leur vie à deux, chaque coin, chaque pierre pouvait parler de lui. Où elle va, lui n'aura jamais été. Et elle sera bien cet être désemparé, mutilé et seul : une veuve.

Cet instant de défaillance ne dure pas. Elle se redresse, avec le geste de l'être de fierté et de courage qui ne veut pas fléchir lâchement, et tenant seulement un peu plus serrée encore contre elle la toile précieuse qu'elle n'a voulu laisser à personne le soin de porter, d'un pas ferme elle reprend sa marche.

Soudain son visage se détend. Devant elle, à sa rencontre, un jeune garçon arrive en courant. Il ôte se casquette, essuie son front moite, et il dit :

« Enfin, maman! Je venais vous chercher. Vous ne devez plus avoir rien à faire ici, et je m'inquiétais de ne pas vous voir arriver. »

Une flamme de tendresse illumine le visage de la mère, et lui rend pour un instant la jeunesse d'un être de vingt ans.

« Mon grand! dit-elle, comme tu as couru! Et déjà tu t'es tant fatigué, tu dois te sentir si las de cette terrible journée. »

Il secoua les épaules :

« Oh! moi, ce n'est rien. Mais j'avais peur, je vous assure, de vous savoir seule avec ces hommes, avec votre virago de concierge et son acolyte. »

C'était un adolescent, trop grand et trop mince, qui donnait l'impression d'avoir poussé trop tôt, trop vite, mais, sous cette apparence, on sentait une force prête à se développer. Il avait, comme sa mère, des traits fins et des yeux lumineux. Seulement les prunelles de la mère étaient bleues de lin, et celles du fils, grises, d'un gris d'acier. La mèche de cheveux qui lui tombait sur le front, dérangée par la course, avait une nuance moins dorée que la chevelure maternelle. Et ce qui différait surtout, c'était la bouche; celle de la jeune femme, petite, au dessin gracieux, celle du fils, un peu forte, où se creusait parfois un pli au coin des lèvres, qui lui donnait une expression de fermeté virile au-dessus de son âge, et, en de rares instants, presque de dureté. Mais on retrouvait sur ces deux visages, le même charme, la même franchise et la même distinction.

La mère marchait près de lui. Il avait passé son bras sous le sien, par un geste de tendresse familière. Et elle demanda :

« Est-ce que... est-ce que... tu es arrivé à faire caser ce qui nous reste de meubles? Il y a si peu de place. »

Sa voix tremblait un peu, et l'on sentait tout ce qui se cachait de peine sous cette question en apparence si simple.

Le fils répondit presque gaiement :

« Mais oui, je vous assure. Une fois tout arrangé, ce sera très bien. Et puis, s'il y a trop d'encombrement, on pourra faire comme cette vieille dame de vos amies, vous vous rappelez? qui prétendait, faute de place, qu'elle suspendait ses fauteuils au plafond, et qu'en y montant par une échelle, on passait chez elle de charmantes soirées. »

Mme Goubaud rit franchement :

« Je crois bien ! elle habitait une ville de province, et elle avait même invité le préfet et l'évêque. »

A son tour il rit de bon cœur. Doucement il lui avait pris des mains son précieux fardeau, et c'était lui maintenant qui le portait. La mère et le fils marchaient vite. Et devant une maison, au coin de la rue de Chevreuse et du boulevard Montparnasse, ils s'arrêtèrent. C'était un de ces immeubles parisiens qui tiennent le milieu entre la maison dite « bourgeoise » et l'habitation ouvrière. Près du trottoir, une voiture de déménagement stationnait. Dans l'escalier étroit et sans tapis, on marchait sur la paille, sur les morceaux de papier. Ils montèrent jusqu'au cinquième. Sur le palier la porte restait grande ouverte, et parmi l'encombrement des meubles entassés dans un étroit logis de deux pièces et une cuisine, une femme en tablier bleu s'affairait, entourée de déménageurs, levant bras et yeux au ciel.

A la vue de Mme Goubaud, elle s'exclama :

« Enfin, voilà Madame ! on ne sait plus où donner de la tête, avec tout ce peuple, dans cet aria ! comme on dit chez nous, le diable n'y retrouverait pas ses petits !... »

Elle parlait avec cet accent du Midi qui rend drôlatiques les moindres mots, et donne envie de rire même dans les circonstances les plus tristes. C'était une brave domestique, très dévouée à ceux qu'elle servait. Mais elle avait le don d'exagération de sa race. Les moindres événements de la vie prenaient dans sa bouche des proportions de drame. Et avec ses gros yeux noirs flamboyants sous des sourcils charbonneux, son air farouche, ses gestes violents, on eût dit quelque Carmen de faubourg, prête à jouer de la navaja. En réalité, créature pacifique, elle n'avait jamais eu affaire avec les couteaux que pour les fourbir, mais elle ne pouvait dire un mot sans rouler des yeux furibonds, et elle parlait avec un accent rocailleux qui semblait rouler des cailloux dans la gorge.

« Allons, calmez-vous, ma bonne Séraphine, dit Mme Goubaud, qui connaissait de reste les surexcitations de la bonne, et ne s'en émeuvait plus, calmez-vous. Le plus dur est fini, nous allons pouvoir nous reposer. »

Maintenant les déménageurs étaient partis. Dans l'escalier s'éloignait le bruit de leurs pas lourds. Et Mme Goubaud, restée debout depuis l'aube, n'en pouvant plus après une journée de fatigues et d'émotions, se laissait tomber sur un siège, le seul qui ne fût point encombré d'objets de toute sorte. Le fils s'était assis sur une caisse, en face d'elle. Et il demandait avec une sollicitude au-dessus de son âge :

« Ces hommes n'ont pas été trop grossiers au moins, quand vous étiez seule aux prises avec eux là-bas ?

— Mais non, Donald, — Mme Goubaud essayait de sourire. — Ils se sont contentés de bousculer les meubles, de jouer à la balle avec les livres. On ne peut leur demander beaucoup d'égards, quand on songe qu'ils font ce métier du matin au soir ! Les pauvres gens, dire qu'ils vont recommencer demain ! Le chef d'équipe s'est montré d'une politesse ! Je ne serais pas étonnée d'apprendre que ce fût un homme du monde qui a eu des malheurs. J'ai vu le moment, quand je lui ai remis un pourboire, où il allait me demander la permission de venir me rendre visite. »

Tous deux riaient, et le rire de la mère était aussi juvénile que celui du fils. Mais Séraphine ne riait pas.

« Ces gens-là, madame les plaint ? des brigands, des barbares ! Ce n'est pas des déménageurs, c'est des démolisseurs qu'il faudrait les appeler. Quel peuple ! Si je n'avais pas été là pour les tenir à l'œil, madame retrouvait tous ses meubles en pièces. C'est comme chez M. le marquis, madame se rappelle, je lui ai bien conté quand j'étais en place chez le marquis de Charentay et qu'on a déménagé de la rue de l'Université pour aller au boulevard Malesherbes. »

Car Séraphine, avant de devenir la modeste et plébéienne femme de ménage qu'elle était, avait été cuisinière chez « le grand monde », comme elle disait.

« Qu'est-ce qu'y serait devenu, M. le marquis, avec sa pendule de Boulle, si je n'avais pas été là pour la déménager ! On ne manquait pourtant pas de personnel dans c'te maison. Il y avait la femme de charge, le maître d'hôtel, le valet de chambre de monsieur. Je le verrai toujours, celui-là, un grand roux, il n'y avait pas plus fier. Et il singeait M. le marquis, même qu'y mettait ses faux-cols et ses cravates. Pour en revenir à la pendule, M. le marquis m'avait dit : « Séraphine, « c'est une pendule de Boulle, pour la « transporter, il n'y a qu'en vous que j'ai « confiance. — Monsieur le marquis, que je « lui ai répondu, que monsieur le marquis « soit tranquille, les objets de prix, ça me « connaît. Quand j'étais chez M. le comte de « Tonnant-Fleury, il n'y avait que moi pour « essuyer les bibelots, même que Mme la « comtesse.... »

— Séraphine, dit Mme Goubaud avec douceur, le lait se sauve à la cuisine. »

Ainsi heureusement interrompue à cet instant de ses souvenirs, dont les récits menaçaient plus que jamais de s'emboîter les uns dans les autres, la femme de ménage, humant l'air, s'écria :

« Madame a raison! et mon potage? Qu'est-ce que madame et M. Donald mangeraient, ce soir? Je n'ai que de la soupe au lait et des œufs à la coque... Je raconterai la suite à madame une autre fois. »

Et sur cette perspective alléchante, Séraphine se précipita dans sa cuisine, laissant pour un moment Mme Goubaud et son fils à l'abri de son bavardage.

II

Deux veuves.

Séraphine, qui savait combien sa maîtresse souffrait du désordre et de la négligence, avait trouvé moyen de dresser le couvert avec soin. La table, débarrassée, était recouverte d'une nappe propre; la vaisselle, irréprochablement lavée et essuyée, et les lames des couteaux, fourbies opiniâtrément, luisaient sans une tache, sans une ternissure, ces couteaux dont l'entretien faisait la gloire et la préoccupation de Séraphine!

Mère et fils achevaient leur modeste repas. Séraphine dressait les lits pour la nuit dans chacune des deux pièces qui, avec la cuisine, composaient tout l'appartement. La sonnette tinta à la porte. Et la femme de ménage, ayant été ouvrir, respectueuse de l'étiquette en toute circonstance, revint en annonçant cérémonieusement :

« Madame, c'est la belle-sœur de Madame, Mme Lantier, qui demande à voir Madame. »

La visiteuse était vêtue de deuil comme Mme Goubaud, blonde comme elle et paraissant à peu près du même âge. Mais la ressemblance s'arrêtait là. Elle pouvait passer pour une jolie femme, et assurément en avait toutes les prétentions. Toute sa personne était affectée et maniérée. Son visage apparaissait blanc de poudre sous la voilette. Elle fronçait la bouche pour l'arrondir en forme d'*o*, et écarquillait les yeux en remontant les sourcils, avec un battement de cils continuel. Cette singulière gymnastique faciale avait pour but de se donner un air d'étonnement candide, de se composer une physionomie à la Greuze. Et le résultat, non prévu, était tout simplement une expression fort niaise.

A peine entrée, elle s'écria :

« Ah! ma pauvre Christine, que c'est triste de vous voir ici, comme je vous plains! » Elle promenait autour d'elle un regard de pitié quasi dédaigneuse. « Vous allez savoir, vous aussi, ce qu'est le sort d'une *pauvre* veuve! Quelle déchéance! Certes, j'ai bien pleuré mon *pauvre* frère. Mais comment comparer avec la perte d'un mari? Avec le mari, c'est la situation qui s'en va, la place dans la société qui n'existe plus.... »

A l'entrée de sa belle-sœur, Mme Goubaud avait eu un imperceptible mouvement de recul, et Donald fronçait franchement le sourcil. Mais la loquace personne n'avait rien vu. D'ailleurs, toute préoccupée d'elle-même, elle devait être peu observatrice. Un flot de condoléances banales coulait de sa bouche en cœur, à chaque instant revenait le mot « pauvre » et elle le prononçait de telle façon que ce mot de commisération, sur ses lèvres, devenait blessant.

« Quelle chose terrible, un déménagement dans ces circonstances!... Ma pauvre Christine, ce qui vous reste de meubles ne tiendra jamais ici! Vous serez obligée de les mettre les uns sur les autres. Il vaudrait mieux vous en débarrasser. Il est vrai qu'on n'en tire rien! A l'hôtel des Ventes, c'est une dérision. Je sais ce que c'est que de se réduire, nous qui avons dû, mon fils et moi, nous entasser dans un appartement de quatre pièces. Et mon piano à queue, quel désespoir quand il a fallu le vendre! Jamais je ne m'en consolerai. J'ai entendu souhaiter que les morts, de là-haut, puissent nous voir encore. Mais ce serait trop cruel. Mon *pauvre* mari, qui ne trouvait rien d'assez beau pour moi, que l'expression niaise des petites filles selon Greuze.

« Tenez, ma chère, les veuves, on devrait les entasser sur des bûchers, et les brûler, comme on fait dans je ne sais quel pays. Elles ne sont plus bonnes qu'à cela. »

Mme Goubaud sourit :

« Et leurs enfants? » demanda-t-elle.

Elle promenait autour d'elle un regard de pitié.

dirait-il s'il me savait perchée au cinquième, réduite à une femme de ménage. Il souffrirait trop, le pauvre ami! »

Sous prétexte de s'apitoyer sur sa belle-sœur, en réalité Mme Lantier ne parlait que d'elle-même. C'est à l'ordinaire ce qui arrive, et à d'autres que Mme Lantier. La vue des souffrances d'autrui nous rappelle aussitôt les nôtres, et, bien entendu, les nôtres nous paraissent bien plus cruelles, bien plus intéressantes, et bien plus imméritées.

Quand Mme Lantier avait parlé, entre chaque phrase elle promenait son mouchoir en tampon aux coins de sa bouche, sur ses paupières, ses tempes, pour effacer aussitôt le moindre pli. Puis, pinçant les lèvres, écarquillant les yeux et haussant les sourcils, elle redonnait à sa physionomie

Donald lui avait pris la main, il la serrait doucement, tandis que le regard de ses yeux gris restait fixé sans tendresse sur la figure minaudière de sa tante.

« Ah! oui, leurs enfants, dit la tante, Mais ne croyez-vous pas que ce soit un supplice de les voir souffrir? Mon fils, mon pauvre Gaston, par exemple, destiné à une vie brillante, car son père eût été général, c'est certain, et à l'âge de quinze ans, réduit à n'être plus qu'un fils de veuve, obligé de quitter son tailleur, qui comprenait si bien son genre, pour s'habiller à « la confection », de renoncer à l'équitation, à son collège si aristocratique, où il coudoyait les plus grands noms de France, pour suivre les classes du lycée où, le croirez-vous? on se moque de sa distinction.... C'est affreux, tout cela!

— Affreux, en effet, dit Mme Goubaud.

— Mais parlons de vous, ma pauvre Christine. Qu'allez vous faire? Avez-vous songé à la manière dont vous organiserez votre vie? Mon *pauvre* frère a été enlevé d'une façon si prématurée, si inattendue, avant l'âge voulu pour que sa femme ait droit à une pension convenable! Vous obtiendrez sans doute un secours. Mais qu'est-ce que cela? Une goutte d'eau. Il faudra évidemment vous chercher un gagne-pain. Déjà je vois la vie misérable que je mène, veuve d'officier supérieur, avec ma pension et mon bureau de tabac.... »

Elle parlait sans la moindre délicatesse, étant de ces personnes qui ne savent toucher à une plaie que pour l'aviver, et l'on ne sentait dans son langage aucune pitié, aucun intérêt véritable.

« Ma chère Olga, dit Mme Goubaud sérieusement, nous songerons à tout cela un peu plus tard. Pour l'instant, nous sommes bien las, et nous allons, si vous voulez nous le permettre, prendre un peu de repos. »

Mme Lantier se levait.

« Je m'en vais, ma pauvre Christine. Mais je ne voulais pas laisser passer cette journée sans vous offrir mes services. J'étais venue pour vous aider. Si vous avez besoin de moi, ne manquez pas de me mettre à contribution. Il est vrai que l'aide d'une femme, qu'est-ce que cela dans la vie? Enfin, si vous voulez venir déjeuner, ou dîner chez moi, avec Donald.... Je suis toujours débordée d'occupations, tout de même on s'arrangera pour vous recevoir, un de ces jours. »

Sur cette invitation engageante, Mme Lantier prenait congé, après un dernier tamponnage de sa figure. Et la porte fermée, Mme Goubaud eut un soupir de soulagement.

« Ta *pauvre* tante, dit-elle à son fils, elle me trouve à plaindre, mais je le lui rends. Quelle singulière mentalité!

— Si c'est ce qu'elle appelle venir vous aider! répondit le fils. Elle aurait pu s'en dispenser. Elle arrive quand tout est fini, et pour nous offrir le réconfort de ses consolations. D'ailleurs, elle n'a jamais su faire autre chose que vous peiner. »

Et il gardait ses sourcils froncés sur ses yeux gris dont le regard, si doux quand il le fixait sur sa mère, pouvait devenir froid jusqu'à la dureté.

« Elle n'est pas méchante, dit la mère, seulement si frivole! Il faut l'excuser. »

Séraphine, qui entrait, eut le dernier mot :

« Que Madame et monsieur Donald aillent se coucher. Demain, on se remettra à l'ouvrage. Ce n'est pas avec des bavardages comme ceux de la belle-sœur de Madame que la maison va se ranger. Des femmes comme celle-là, à quoi est-ce bon? Tenez, Madame, elle me rappelle tout à fait Mme la vicomtesse de La Palud. Quand j'étais dans ma troisième place, chez la mère de Mme la vicomtesse, avenue de la Bourdonnais.... »

III

Jours passés.

C'était une rude vie qu'avait menée Mme Goubaud. Sans doute, après son mariage avec le lieutenant Goubaud, elle avait connu quelques années de grand bonheur. Mais combien chèrement acquises dans le passé, et combien durement elle devait les payer dans l'avenir!

Le père de Mme Goubaud appartenait à l'armée comme son mari. Il avait fait toute sa carrière aux colonies. Sa femme, égoïste, coquette et frivole, s'était toujours refusée à l'accompagner, alléguant l'éducation de leur fille qui, selon elle, ne pouvait être faite qu'à Paris. Le père souffrait de cet exil loin des siens, sans famille, sans foyer, de cet isolement de l'officier célibataire, partagé éternellement entre la vie de camp, et celle pire encore, quand vient la maturité, du mess et des chambres garnies. Avec l'âge, il avait contracté une maladie de foie, rançon trop fréquente d'un avancement rapide cherché dans des climats épuisants. Quand il reparaissait en France,

LA DIRECTRICE DE COURS FEUILLETAIT SES REGISTRES.

à de longs intervalles, c'était pour attrister la maison de ses crises maladives, de ses plaintes sur son existence solitaire, sur l'injustice d'une carrière où ne réussissaient plus, disait-il, que les intrigants et les protégés, et vers la fin de sa vie, par des colères quasi démentes dont tous tremblaient autour de lui. Son caractère, déjà violent, s'était aigri par les déboires, l'isolement, et l'abus de l'autorité dans des postes perdus de l'Afrique ou de l'Indo-Chine, où il devait vivre, revolver au poing, pour tenir en respect des peuplades demi-barbares et sans cesse révoltées.

Cette éducation de sa fille, prétexte pour rester à Paris, à vrai dire n'avait jamais beaucoup préoccupé la mère de Mme Goubaud. Enfant, elle la gardait auprès d'elle comme une amusette et une parure. Puis, incapable, avec sa cervelle d'oiseau et son cœur sec, d'une pensée suivie, du moindre sacrifice, soudain prise d'impatience, avide de distraction et de changement, elle se débarrassait de la petite en la plaçant dans quelque couvent, tandis qu'elle-même allait courir les villes d'eaux et les stations hivernales. A son retour, un nouveau caprice la lui faisait reprendre, jusqu'au jour où la beauté naissante de sa fille lui portant ombrage, elle l'avait définitivement enfermée dans un pensionnat, et l'y oubliait si bien qu'elle ne la faisait même pas sortir aux grandes vacances.

Une telle jeunesse eût faussé ou brisé les ressorts d'une nature moins bien trempée. Mais la jeune fille avait hérité, avec le charme physique de la mère, de l'énergie paternelle. Sous une gracieuse enveloppe, elle cachait une âme virile. Au milieu des heurts et des incohérences d'une absurde éducation, son bon sens avait mûri. L'exemple des caprices maternels lui avait inspiré, par réaction, l'amour de l'ordre et de la règle, et plus tard, quoi que dût lui réserver le sort, elle s'était promis d'en faire la loi de sa vie. Très intelligente, passionnée de travail, elle avait trouvé moyen de conquérir ses diplômes et de devenir une musicienne accomplie, parmi les continuels changements de milieu et de direction, et malgré le chagrin d'être sans cesse transplantée, et dès qu'elle s'était formé une amitié ou une habitude, de devoir s'y arracher.

Et lorsqu'elle atteignait ses dix-huit ans, une catastrophe achevait de bouleverser sa jeune existence déjà si agitée. Brusquement arrivait la nouvelle de la mort du père, traqué, abattu sur les terres lointaines dans une embuscade de noirs. La mère, n'ayant même pas la dignité de son deuil, n'avait plus qu'une idée : se remarier. Elle voulait se séparer d'une fille dont l'âge et la beauté gênaient ses projets. La jeune fille dut chercher un gagne-pain. Elle trouvait un emploi d'institutrice dans une famille d'officiers, tandis que la mère, soudain frappée à son tour, allait mourir misérablement dans un hôtel, à Nice, où elle était venue chercher une nouvelle vie, et une seconde jeunesse.

C'est dans la famille de son élève que la jeune institutrice avait un jour rencontré le lieutenant Goubaud. Dans l'ombre où elle s'effaçait, silencieuse et réservée, le jeune officier avait été frappé par son charme fier, cette beauté dont la caractéristique était un mélange de grâce et de force. Et bientôt séduit, d'âme trop généreuse pour s'arrêter à de mesquines considérations d'intérêt, il avait demandé la main de la jeune fille.

C'est alors qu'elle s'était éveillée à une nouvelle vie. Conquise, elle aussi, par ce jeune homme grave et charmant dont elle connaissait le cœur loyal, la belle intelligence, elle lui avait donné toute son âme et se sentait prête à le suivre au bout du monde.

Le lieutenant Goubaud était orphelin, et comme elle, sans fortune. Il ne lui restait d'autre famille qu'une sœur, bien différente du frère, jolie personne assez sotte et prétentieuse, mariée à un commandant qu'avaient séduit ses grâces minaudières, et un vieil oncle expatrié depuis de longues années, établi à la Martinique. Cet oncle, on le savait très original, devenu fort riche, plusieurs fois millionnaire, disait-on, et resté vieux garçon. Il vivait au milieu de ses nègres et de ses plantations, ne donnant jamais signe de vie aux siens. Et l'on avait fini par n'y plus penser.

Parfois pourtant, le lieutenant Goubaud disait à sa femme, plaisantant à demi, quand se faisait sentir trop âprement l'étroitesse d'un budget d'officier, réduit à sa seule solde pour s'en tirer : « Tout de même, un peu des millions de l'oncle Goubaud ne ferait pas mal dans le paysage! Je me demande à quoi il peut bien les employer! » Il y avait songé davantage à la naissance de leur fils Donald. « Si l'oncle s'intéressait à ce mioche! » Mais la jeune mère avait secoué la tête : « Et moi je n'y tiens pas, j'aime mieux qu'il ne doive rien à personne, comme son père ». Ému, il avait répondu : « C'est surtout pour toi, ma chère femme, que je souhaiterais quelques miettes de cette fortune. Je souffre si souvent de te voir condamnée à une vie mesquine, si différente de celle que tu méritais. » Elle l'interrompait : « Je suis heureuse », disait-elle. Et dans ces simples mots il y avait une conviction si touchante que le lieutenant perdait tout regret, tout désir, et l'oncle Goubaud disparaissait de sa mémoire.

Toute la nuit la jeune femme veilla.

La belle-sœur de Mme Goubaud, Mme Lantier, en revanche, ne cessait de gémir sur l'abandon de l'oncle. A l'entendre, on eût cru qu'il n'avait eu d'autre but, en s'exilant, que de gagner à sa nièce une fortune dont il lui faisait tort aujourd'hui injustement. La sœur ne ressemblait guère au frère. Vaniteuse, coquette, elle ne se préoccupait que de paraître. Gâtée par l'idolâtrie d'un mari plus âgé qu'elle, homme d'honneur et brave homme, mais sans grand caractère ni intelligence, qui lui répétait imprudemment qu'aucune femme ne pouvait lui être comparée, le soin de sa personne était devenu sa grande préoccupation. Sans doute elle aimait son fils Gaston, né après plusieurs années de mariage, en même temps que naissait Donald, le fils de son frère. Mais elle l'aimait d'un amour fait de niaiserie et d'orgueil, et ne rêvait, pour lui comme pour elle, que la fortune et une existence brillante et facile.

Et puis, dans ces deux ménages où l'on était heureux, bien que d'un bonheur de qualité différente, le malheur s'était abattu, écrasant et soudain comme la foudre. Mme Lantier avait été frappée la première. En quelques jours, une mauvaise fièvre emportait son mari le commandant. Le lieutenant Goubaud, devenu capitaine, admis à l'École de guerre, s'était installé à Paris, avec les siens, dans un joli appartement, arrangé avec goût. Son fils Donald faisait ses études au lycée Louis-le-Grand, tenant la tête de la classe, ne remportant que des succès. Tout un avenir heureux s'ouvrait devant eux.... Et un matin, on le ramenait chez lui, mutilé, sanglant, mort d'une mort brutale et sans gloire, tombé sous les roues d'un tombereau que, distrait, il n'avait pas vu venir.... Une heure à peine auparavant, il franchissait le seuil de cette maison, après avoir embrassé joyeusement femme et fils, et leur avoir dit : « Au revoir!... »

Toute la nuit la jeune femme veilla, sans une larme, sans un gémissement, le cadavre si défiguré qu'elle n'y retrouvait même plus les traits adorés. Au matin, quand une aube lugubre se leva pour elle, alors qu'elle pensait que tout était fini en ce monde et qu'elle avait soif de suivre celui qui était parti, n'importe en quelle lande mystérieuse et terrible le mort l'eût emportée, le regard tragique de ses yeux secs rencontra celui de son fils. Lui non plus ne pleurait pas. Pâle et abîmé dans une douleur muette au-dessus de son âge, il se tenait au chevet du mort. Toute la nuit, il avait veillé lui aussi aux côtés de sa mère sans qu'elle parût s'apercevoir de sa présence. Et son visage, soudain vieilli, avait pris une ressemblance si frappante avec celui du père qu'en le regardant, une douleur, plus poignante encore parce qu'il s'y mêlait comme un remords, la fit défaillir.

Laissant la main glacée du mort qu'elle n'avait pas quittée un instant, elle saisit celle du jeune garçon : « Mon fils », dit-elle à voix basse. La puissance magique de ce mot unique, de ce nom de « fils » que pas une mère ne prononce sans que tout son être en tressaille, avait suffi. Désormais elle avait retrouvé son énergie. Elle savait pourquoi elle devait vivre. Et ce fut d'une voix ferme qu'elle régla les moindres détails des derniers devoirs et qu'enfermée dans ses voiles de deuil, elle accompagna la dépouille chérie, ne la quittant que la dernière sans autre secours que le bras de ce fils, son soutien, si touchant, lui aussi, dans sa juvénile douleur virilement supportée.

Ainsi la perte d'un noble amour ne saurait inspirer que de nobles regrets.

Alors commença pour elle le calvaire des veuves : seules pour tenir tête aux hommes d'affaires, pour soutenir les assauts de tous ceux qui cherchent à exploiter leur abandon. Car pas une blessure ne leur est épargnée. Et la bataille devient bien inégale, si vaillante soit la pauvre combattante lorsque manque le bouclier d'une présence virile.

Le premier moment de stupeur passée, il fallait songer à organiser une existence. Mme Goubaud ne possédait rien. A peine pouvait-elle compter, sa belle-sœur l'avait bien dit, sur quelques secours, aumône éphémère et qui serait bientôt épuisée. Elle n'avait point de parents. Quelques amis de son mari lui restaient. Mais elle était trop fière pour s'adresser à eux, et d'ailleurs le ménage, absorbé par les joies d'une vie intime qui leur suffisait, n'avait guère songé à cultiver les relations.

Quelques bijoux de famille, quelques beaux meubles à sacrifier, et c'était tout. Elle ne pouvait compter sur aucune aide. Dans le quartier, elle passait pour fière parce qu'elle n'encourageait ni les familiarités ni les commérages. Et les belles âmes, telles que « m'ame Béchu », la concierge, avaient accueilli avec une joie maligne le désastre de sa ruine qui devait, selon elles, « lui rabattre le caquet ».

C'était donc en vérité le pain de chaque jour, qu'une jeune femme et un adolescent, presque encore un enfant, devaient conquérir. Mais la femme du capitaine Goubaud était de ces âmes bien trempées chez qui le malheur fait surgir des forces nouvelles et ignorées. Pour faire face à la tourmente, elle retrouva toute sa présence d'esprit. L'appartement sous-loué, ayant trouvé, par chance, un locataire qui le prenait aussitôt, une partie du mobilier vendu, elle avait découvert dans le quartier un petit logis au fond d'une cour. La maison était de bonne apparence. Les concierges, un couple d'Alsaciens, paraissaient de braves gens. Et là, elle espérait trouver refuge, et dans le silence et le travail, refaire une existence à son fils.

Donald! C'était pour lui qu'elle souffrait. Pour elle, elle ne désirait rien, elle ne se plaignait de rien; elle savait que le mort avait emporté avec lui toute sa vie de femme. Mais son fils, le pauvre enfant! Brillant élève au lycée Louis-le-Grand, pourrait-il seulement poursuivre ses études? Sans doute il passerait l'examen pour l'obtention d'une bourse, et son succès était certain....

Encore fallait-il vivre jusque-là; et ensuite, comment suffire aux frais d'entretien, à toutes les dépenses d'une éducation? Certes, elle était assez bien partagée en ressources morales, en supériorités intellectuelles, pour se tirer d'affaire. Mais ce qui est terrible, c'est cette obligation de se procurer un gagne-pain sur-le-champ, cette étreinte de la nécessité, qui a paralysé tant de talents et rendu vaines tant d'énergies.

De son mieux, Mme Goubaud avait organisé, avec les débris du mobilier conservé, un intérieur qu'elle s'efforçait de faire le plus accueillant possible, songeant à Donald, peu soucieux de distractions extérieures, et déjà épris de foyer et d'intimité comme l'était son père. Elle voulait, quoi qu'il dût faire au dehors, qu'il revînt toujours avec plaisir « chez lui ».

Dans la salle à manger-cabinet de travail, qui devenait le soir, à l'aide d'un lit pliant dissimulé pendant le jour, la chambre à coucher de Donald, tout était arrangé avec goût. Sur une étagère-bibliothèque, les livres préférés du jeune homme qu'elle avait voulu conserver, quelques objets d'art qu'il aimait : la statuette d'une bizarre divinité, rapportée naguère de Cochinchine par le capitaine, et que Donald enfant, alors qu'il commençait à apprendre l'histoire romaine, avait baptisée ses « Dieux Lares ». Il lui avait fabriqué lui-même un socle recouvert d'un morceau de peluche découvert dans les tiroirs maternels. Quand il rentrait de classe ou de promenade, il ne manquait pas de saluer gravement sa divinité domestique, et si fidèle était le cœur du petit garçon, si attaché déjà à tout ce qui représentait le foyer, qu'il s'obstinait à vouloir l'emporter lorsqu'on partait en voyage ou à la campagne.

L'emménagement terminé, le logis mis en ordre, Mme Goubaud avait fait son maigre budget. Cent francs, il lui restait exactement cent francs. Et avant que fût épuisée cette suprême réserve, il fallait avoir trouvé une occupation qui lui permît de rentrer aux heures des repas, tout au moins à celui du soir, si elle voulait conserver à son fils un semblant de vie familiale. Par bonheur, le trimestre payé d'avance au lycée, n'était qu'à moitié écoulé. Donald pouvait continuer à suivre les classes. Et Mme Goubaud espérait ardemment par son travail être en état de lui faire poursuivre ses études, car c'était là sa plus poignante préoccupation.

Les services de Séraphine, si raisonnables fussent-ils, devenaient trop onéreux. Quand Mme Goubaud l'avertit qu'elles devaient se séparer, Séraphine poussa les hauts cris : « Madame me paiera plus tard, quand elle pourra. Bien sûr je ne demande pas à servir Madame pour rien. Je sais que Madame ne le voudrait pas. Et puis, j'ai mon gosse là-bas, au pays, c'est pour lui que je travaille.... Mais je sais bien que Madame ne me fera pas tort d'un sou. Ce n'est qu'un moment à passer. »

Mme Goubaud refusait doucement. Mais Séraphine, un souvenir toujours prêt : « Et quand j'étais chez Mme la duchesse de Las Ferras, ma cinquième place, est-ce que Madame croit qu'on payait les domestiques tous les jours? Et les avances que je faisais pour le marché, jusqu'à des cinquante francs d'un coup! « C'est bien, Séra« phine, que me disait Mme la duchesse, on « verra vos comptes. » Et même, pour en finir, à la fin des fins, que Mme la duchesse ne m'a pas payée du tout et que j'en ai été pour plus de deux mille francs de ma poche. Heureusement qu'à ce moment-là, j'avais des économies. Je sortais de chez M. le baron de La Quinsonnas, les domestiques gagnaient gros dans c'te maison. Madame a bien entendu parler du baron de La Quinsonnas, dans les journaux, quand il a eu ce procès avec sa tante la chanoinesse.... »

Séraphine gagnait sa cause. Mme Goubaud avait compris qu'en persistant dans son refus, elle blessait la brave créature. Elle obtint de rester deux heures tous les matins pour faire « le plus gros », expression consacrée. Et dans le quartier, où l'on connaissait ses qualités, elle trouva sans peine, pour la journée, un autre ménage, « plus conséquent », autre expression de même style, lequel, ajouté au peu qu'elle gagnait chez Mme Goubaud, lui fournissait assez de ressources pour entretenir « le gosse » au pays, et le fournir d'extraordinaires bérets de velours bleu et de costumes d'Highlander, qui faisaient béer de stupeur tout le village, et aussi donnait une singulière idée des modes enfantines à Paris.

Alors Mme Goubaud s'était mise en campagne. Sous ses voiles de crêpe, qui rendaient sa beauté si touchante, la taille droite, portant sur son fier visage la sereine douleur de ceux qui ne chercheront jamais à se consoler, elle s'était présentée dans les pensionnats, les cours de jeunes filles, son entrée facilitée par quelques recommandations : le notaire de la famille, le colonel de son mari. Elle allait, sans perdre courage, s'offrant avec dignité pour les emplois les plus modestes. Hélas! elle marchait de déception en déception. Sa beauté, loin de lui servir, était un obstacle. Elle avait contre elle l'hostilité méfiante des femmes de petit esprit. On hésitait à introduire chez soi une personne qui nulle part ne pouvait passer inaperçue. Sa situation de veuve, son éducation de femme du monde, effrayaient aussi. On n'osait lui proposer un salaire trop dérisoire, une occupation trop sulbaterne. La directrice de cours, la secrétaire d'Association universitaire, feuilletant ses registres, hasardait : « Il y aurait bien ceci.... On m'a bien demandé une lectrice, une gouvernante.... » Et aussitôt : « Mais non, cela ne peut vous convenir, ce n'est pas votre affaire. » En vain, Mme Goubaud protestait : elle n'avait aucune prétention, elle accepterait n'importe quel emploi honorable, et elle était sûre de contenter : un regard furtif à ce visage resté jeune et charmant, en dépit des épreuves, à ce port de duchesse, et l'on en restait là.

Le soir, tandis qu'elle se hâtait vers le petit logis, son refuge, ce suprême asile qu'elle tremblait de perdre, quel fardeau de fatigues, de déboires, et presque d'humiliations, elle rapportait de cette poursuite terrible!... Quelques insolences s'étaient risquées aussi sur son passage. Mais son air de fierté quasi hautaine avait suffi pour la défendre. Et l'on n'était jamais revenu deux fois à la charge.

Elle rentrait, épuisée d'angoisse encore plus que de fatigue. Mais sur le seuil, elle se redressait, par le geste d'énergie de l'être conscient, de la créature humaine, qui affirme le pouvoir de la volonté contre les forces aveugles du destin.

IV

Un revenant.

Mme Lantier s'était crue obligée d'inviter belle-sœur et neveu à dîner. A vrai dire, ils s'en fussent volontiers passés. Entre les deux cousins la sympathie était médiocre. De même, entre les deux belles-sœurs, si différentes, ne pouvait exister aucune intimité. Et Mme Goubaud n'ignorait pas que ce dîner allait être motif à bouleversement et agitation chez Mme Lantier, laquelle ne pouvait rien faire simplement, et trouvait moyen de rendre compliquées les choses qui le sont le moins.

L'appartement de Mme Lantier, au cinquième étage, était un fouillis prétentieux d'objets disparates. La peluche y sévissait, ainsi que les portières pseudo-algériennes, les éventails et paravents pseudo-japonais, les draperies qui semblent n'avoir d'autre but que de retenir la poussière. Et le bibelot acheté trois francs soixante-quinze aux « occasions » et « soldes » des magasins de nouveautés, y faisait rage.

Comme l'appartement était exigu, encombré de la sorte, on n'y pouvait avancer d'un pas sans risquer de renverser une table volante, ou de casser une potiche, ce qui, au reste, n'eût pas été dommage, et il fallait zigzaguer avec mille précautions pour parvenir à un fauteuil, ou atteindre la porte.

Des fleurs en étoffe et des plantes stérilisées parachevaient ce temple du mauvais goût.

« Mon Dieu, ma chère, quelle triste soirée vous allez passer! gémit Mme Lantier à l'arrivée de sa belle-sœur. Je suis tellement bouleversée! Je n'ai même pas eu la force de jeter un coup d'œil au dîner. Si vous saviez! mon pauvre Gaston! C'est abominable. »

Mme Goubaud était faite aux exagérations de sa belle-sœur. Elle ne s'en troublait plus. Tout de même elle demanda, un peu inquiète :

« Il n'est pas malade? que lui est-il arrivé?

— Dieu merci, non, le pauvre enfant! et pourtant il pourrait bien l'être, après tant d'émotions! Ce sont ces petits misérables, ses camarades du lycée, qui le persécutent, qui le haïssent, parce qu'il est plus beau, plus distingué qu'eux. Ah! si mon pauvre mari était de ce monde!

— Que lui a-t-on fait? » demanda Mme Goubaud rassurée. Car elle connaissait la vanité de son neveu, et elle devinait qu'il avait dû s'attirer quelque moquerie méritée.

Gaston venait d'entrer au salon. C'était un adolescent de petite taille pour son âge, fluet et élégant. Blond comme sa mère, les cheveux partagés par une raie soigneusement tracée au cordeau qui lui descendait du front jusqu'à la nuque, entre deux bandeaux cosmétiqués, il pouvait passer pour joli garçon. Mais il avait, comme sa mère, un air de mièvrerie mal placé sur un visage masculin, et quelque chose d'oblique et de fuyant dans son regard bleu, qui impressionnait désagréablement. Son teint était pâle, et son air vieillot, accentué encore par une mise de jeune « gommeux » prétentieux et ridicule pour un écolier. A l'œil gauche il portait un monocle, et grimaçait péniblement pour le maintenir en équilibre dans l'arcade sourcilière.

« Ils m'ont entouré en chantant. »

« Mon *pauvre* Gaston! dit la mère. Et elle le contemplait, admirative et apitoyée. Voyez, il est encore tout bouleversé.... C'est indigne, je me plaindrai au proviseur.

— Tu t'es battu? demanda Donald amusé.

— Battu? — Gaston eut un geste de dégoût, — c'est-à-dire qu'ils m'ont tous conspué ce matin, parce que je suis arrivé avec mon monocle. Des imbéciles, des brutes, une révolution dans la cour.... Ils m'ont entouré en chantant :

> « *Voyez ce beau garçon-là,*
> *Quel œil qu'il a, quel œil qu'il a....* »

« Le censeur est intervenu. Et croirais-tu? il m'a obligé à retirer mon monocle. C'est inouï! Avec ma myopie! »

Il parlait du bout des lèvres, comme s'il avait été excédé, il affectait une froideur de bon ton, et tout était vieux et factice dans ce lycéen de quinze ans.

Donald retenait une violente envie de rire. Il imaginait la scène. Et comme la jeunesse ne perd jamais ses droits, il regrettait de n'en avoir pas été témoin.

« Tu as donc un œil plus faible? Je ne le savais pas.

— Oui, dit Gaston, le droit... le gauche.... » Il avait oublié.

Il s'était laissé tomber dans un fauteuil.

« Les brutes! quelle différence avec mon collège! Là-bas c'étaient des jeunes gens du monde, la meilleure société! Et dire qu'il faut croupir dans cette sale boîte, cet odieux lycée!

— Encore bien heureux, dit Donald avec vivacité. Lui qui redoutait de n'y pouvoir rester!

— Tout de même, si ce n'est pas enrageant, poursuivit Gaston, cette vie sans le sou, pas un plaisir, un appartement au cinquième, une bonne à tout faire, plus de voyage, aux vacances, il faut s'enterrer dans quelque trou pas cher....

— Il ne manque pas de gens qui voudraient encore être à ta place, dit Donald sèchement. D'ailleurs, si tu veux de l'argent, il ne tient qu'à toi : plus tard tu pourras en gagner. »

Gaston haussait les épaules, devant la niaiserie d'un tel propos :

« Quand je pense à cet oncle Goubaud, là-bas, avec ses nègres et ses plantations, un vieil égoïste, qui pourrait nous faire profiter de ses millions! A son âge, on n'a plus besoin de rien.... Que fait-il de son argent?

— C'est justement à son âge qu'on en a besoin, dit Donald de plus en plus agacé. Et ses millions sont à lui, il ne les doit à personne, il les a bien gagnés. Si nous voulons être riches, à nous d'en faire autant. »

Gaston ricana. Il s'inclinait avec un respect grotesque :

« Le révérend Donald, frère prêcheur, débiteur de beaux sentiments : générosité, désintéressement.... Voilà ta vocation. »

Donald rougit légèrement :

« Je crois que ma vocation est d'être officier comme mon père. Mais je n'aime pas entendre dire des sottises. »

Le dîner annoncé, on passait dans la salle à manger. A table, Mme Lantier, tout en servant, poursuivait le cours de ses doléances :

« Excusez-moi, ma *pauvre* Christine, Dieu sait ce que nous allons manger! On n'a qu'une bonne, et un vrai torchon. Je ne peux pourtant pas aller au marché moi-même. Ah! si mon pauvre mari m'avait vue, portant un filet à provisions! »

Gaston mangeait du bout des lèvres, comme il parlait, trouvant tout mauvais, chipotant dans son assiette, puis la repoussant à moitié pleine : « C'est infect », persuadé qu'il faisait preuve d'une aristocratique délicatesse.

Sa mère insistait : « Je t'en prie, mon chéri, tu sais que tu as besoin de te fortifier, le docteur l'a dit. Veux-tu que l'on te fasse des œufs à la coque, mon chéri? »

Gaston fronçait le sourcil :

« Ne m'appelez donc pas « mon chéri », c'est ridicule. On se moquera de moi. Je n'ai plus deux ans. » On l'eût cru, pourtant, à la façon dont il se comportait à table.

Il répondait mal à sa mère, brusque et sans égard envers elle. La déférence filiale ne faisait point partie des belles manières qu'il visait. Pour sa sollicitude puérile, sa tendresse déraisonnable, la mère ne recueillait aucune reconnaissance, pas même une parole gentille, un regard affectueux.

« Mon pauvre Gaston est si aigri! disait-elle. On croirait que c'est à moi qu'il en veut de notre pauvreté. Comme si je n'en souffrais pas autant que lui! » sans comprendre que par ses perpétuelles récriminations contre le sort, elle encourageait celles de son fils, et que son manque de dignité devant l'épreuve n'était point fait pour lui attirer le respect.

Au dessert, Gaston allumait une cigarette. Étendu sur un fauteuil, les yeux au plafond, il suivait nonchalamment les méandres de la fumée. Et Mme Lantier, pour la centième fois, reprenait l'éternel récit de ses malheurs, de l'injustice du sort, sans prendre garde que celle à qui elle s'adressait aurait eu, bien plus qu'elle-même, le droit de se plaindre.

On sonnait. C'était l'heure du courrier. La bonne entrait, apportant une lettre.

« Ah! je n'attends plus rien de bon, gémit Mme Lantier. Qui donc se soucie d'une pauvre veuve? Que peut-il lui arriver d'agréable? C'est sans doute du lycée, au sujet de ces jeunes goujats, de leur conduite inqualifiable. Je vous assure bien que Gaston n'y remettra pas les pieds avant d'avoir reçu les excuses du proviseur. »

Elle regardait l'enveloppe, large et carrée, enveloppe de lettres d'affaires. La retournant, elle vit, au dos, une suscription : M. Goblet, notaire, 6, rue Soufflot. Étonnée, Mme Lantier l'ouvrit, et ayant parcouru quelques lignes, soudain elle devint toute blanche, et dit d'une voix étranglée :

« Ah! mon Dieu, ma chère! l'oncle... l'oncle Goubaud.... C'est... c'est une lettre du notaire.... »

Et dans son émotion, incapable d'en dire plus, elle tendait la lettre à sa belle-sœur.

Mme Goubaud lut à haute voix :

« Madame, vous êtes priée de passer à l'Étude demain mardi à onze heures, pour une communication urgente de la part de M. André-Louis-Eusèbe Goubaud, votre oncle, domicilié à la Martinique.... »

Ce fut une stupeur. Gaston avait jeté sa cigarette. Abandonnant sa posture nonchalante, en un instant il sautait sur ses pieds. Il saisissait la lettre, voulant la lire à son tour. Cet oncle Goubaud, cet oncle fantôme, passé presque à l'état de légende, était-ce croyable? le voici donc qui prenait corps, qui surgissait tout à coup, au moment le plus inattendu, comme par un coup de théâtre.

« Ma chère, balbutiait Mme Lantier, car elle pouvait à peine parler, ma chère, qu'est-ce que cela peut bien vouloir dire? Ce n'est pas pour l'héritage.... Il n'est pas mort, puisque la lettre mentionne : pour une communication urgente.... » Et Gaston relisait : « de la part de M. André-Louis-Eusèbe Goubaud ».

— Si c'était une farce, dit Gaston, qui était devenu aussi pâle que sa mère, quelque imbécile du lycée qui m'aura entendu parler de l'oncle.... » Mais non, il tournait et retournait la lettre : l'en-tête était bien, comme la suscription de l'enveloppe, à l'adresse du notaire.

« Et comme c'est curieux, qu'il s'adresse seulement à moi, n'est-ce pas, ma chère? » Une lueur avait passé dans les yeux faussement naïfs de Mme Lantier, tandis qu'une sourde espérance envahissait son âme mesquine et intéressée. Qui sait s'il ne s'agissait pas d'un don particulier, d'une générosité soudaine de l'oncle à l'égard d'une nièce, aperçue, peut-être dans sa toute petite enfance, et préférée, dont il n'avait pas perdu le souvenir?

Mais Donald s'était frappé le front : « Oh! maman! excusez mon étourderie! En passant à la maison, avant de venir vous rejoindre ici, le concierge m'avait justement remis une lettre pour vous. Et je l'oubliais, quel idiot je suis! » De sa poche il tirait la lettre : même enveloppe, et ouverte, même écriture, teneur semblable : « Mme Goubaud, veuve de M. Georges-Frédéric-André Goubaud, était invitée à passer chez le notaire, le lendemain à onze heures, pour une communication.... »

On eût dit déjà qu'une sorte de désappointement apparaissait sur la physionomie puérile de Mme Lantier. Et ce fut pour en dissimuler l'expression, autant que pour effacer les traces d'un émoi funeste à l'harmonie de ses traits, qu'elle tamponna bien vite son visage, et par un mouvement mécanique, rétablit son air enfantin, l'écarquillement de ses yeux, et sa bouche en forme d'o.

« Ma chère, quelle femme bizarre! vous n'avez pas même l'air ému. C'est incroyable! Moi je n'y tiens plus. Sûrement je vais passer une nuit sur des charbons ardents, et toute la matinée demain, jusqu'à onze heures, je piétinerai sur place. Enfin, que peut nous vouloir l'oncle Goubaud?

— Nous le saurons bientôt, dit Mme Goubaud avec calme, et pour moi la matinée passera trop vite. »

Elle se rappelait qu'elle avait le lendemain un rendez-vous, à ses yeux autrement grave, dans une agence d'enseignement où on lui avait fait espérer de trouver enfin un emploi.

Elle se leva.

« Nous allons vous laisser reposer. D'autant que Donald doit se lever de bonne heure.... » Mme Lantier ne la retint pas. Elle avait hâte de rester seule avec son fils, pour remâcher en bavarderies sans fin les conjectures, espoirs et suppositions qu'avait fait naître en elle le coup de théâtre de la lettre du notaire et de la réapparition de l'oncle.

V

Chez le notaire.

Le notaire de la famille Goubaud n'avait pas l'air d'un notaire pour de bon. Il avait l'air d'un acteur qui aurait joué le rôle d'un notaire, et qui l'aurait joué avec beaucoup de fantaisie. Le moindre de ses gestes était empreint d'un comique solennel. Il se levait, s'inclinait en plongeon, allait à la porte, l'ouvrait et la refermait on ne sait pourquoi, compulsait des dossiers, puis avec des ronds de bras de maître à danser, invitait ces dames à s'asseoir : « Mesdames, je suis charmé... faites-moi l'honneur de prendre un siège ». Interrogeant avec un sourire gracieux : « Madame Lantier? Madame Goubaud? » De nouveau saluait en plongeon : « Je suis charmé.... » Et sa face large, glabre et blafarde, son nez en pied de marmite, le pli de ses lèvres rasées, lui donnaient une ressemblance extraordinaire avec le type bien connu d'une famille de comédiens fameux. Il le savait et en était fier.

« Ces dames » avaient pris place devant son bureau. Mme Goubaud était un peu pâle. Dès le matin, elle avait couru à l'autre extrémité de Paris, à cette agence où on lui avait dit qu'elle trouverait un emploi. Et elle arrivait pour apprendre que la place était déjà prise. « D'ailleurs, lui disait la directrice — une dame au nez en bec, à la bouche pincée, aux bandeaux en accroche-cœur sous une mantille agrémentée de velours ponceau, — d'ailleurs, madame, cette situation ne pouvait vous convenir. C'est une petite fille qu'il fallait promener. » Et comme Mme Goubaud, une fois de plus, protestait, cette dame lui avait jeté un regard qui voulait dire : « Non, vraiment, inutile d'insister, vous n'avez pas le physique d'une « promeneuse ».

Mme Lantier, arrivée bien avant l'heure fixée, ne tenait pas en place. Son mouchoir en tampon se promenait nerveusement sur sa face fiévreuse, sur ses pommettes tachées de rouge sous la poudre de riz. Ses cils battaient sans arrêt.... Et ce notaire, qui n'en finissait pas, qui multipliait les compliments et les phrases, sans pitié pour son angoisse, s'informant des santés de toute la famille, comme si l'on ne fût venu que pour lui en donner des nouvelles!

Enfin M. Goblet, derechef ayant compulsé ses dossiers, prit un papier, et le posant devant lui :

« Mesdames, dit le notaire, je vous ai priées de passer dans mon cabinet pour vous faire part d'une communication qui émane, comme vous savez, de M. André Goubaud, oncle paternel de Mme Lantier, ci-présente, et du regretté capitaine Goubaud. »

Il s'arrêtait, sans prendre garde à l'agitation croissante de Mme Lantier :

« Voici, mesdames, cette communication. Je vais vous en donner lecture, si vous voulez bien le permettre :

« Monsieur, depuis quarante ans, j'habite les colonies. J'y ai acquis par mon travail une fortune respectable. Je ne me suis jamais marié. Or, pour prendre femme à mon âge, il faudrait être non moins que fou, et je jouis, Dieu merci, de tout mon bon sens.

« Je n'ai donc pas d'héritiers directs, pas d'autres parents que mes deux nièces, qui habitent Paris, et leurs enfants. Si je ne leur ai point écrit ni donné signe de vie jusqu'à présent, c'est que j'avais autre chose à faire. Et je ne suis pas l'homme des sentimentalités inutiles ni des manifestations sans objet.... »

Ici M. Goblet s'interrompt pour esquisser un geste de regret, un geste théâtral : prunelles renversées dans la sclérotique, qui veut dire : « Homme terre à terre! Contempteur du sentiment! Ah! certes, tout notaire que je suis, ce n'est pas moi qui l'approuverai! »

Il reprend :

« Sur mes vieux jours, le désir m'est venu de ne point mourir sans avoir goûté à la vie de famille et à la vie de Paris. Et j'ai formé le projet de retourner en France et d'y terminer mon existence.

« Je me suis procuré des renseignements sur ma nièce, Mme Lantier, et sur Mme Goubaud, la femme de mon défunt neveu. Je sais que ces dames ont toutes deux un fils à peu près du même âge, et qu'elles se trouvent toutes deux, quoique

ELLE TENDIT LA MAIN A MADAME GOUBAUD.

à des degrés différents, dans une situation précaire.

« Voici donc, par votre entremise, ce que je leur propose.... »

M. Goblet tousse, tire son mouchoir, se mouche, rajuste ses manchettes, assujettit son lorgnon, derechef tousse, et avec un salut et un rond de bras à l'adresse de Mme Goubaud, puis de Mme Lantier défaillante.... Vraiment, il y mettait de la malignité.

M. Goblet posa un papier devant lui.

« Je propose à mes nièces d'adopter un de mes petits-neveux, Donald Goubaud ou Gaston Lantier. Je n'ai pas de préférence, ne connaissant ni l'un ni l'autre, et tous deux étant de mon sang, au même degré : le premier par son père, le second par sa mère. Celui que j'adopterai viendra vivre auprès de moi jusqu'à mon décès. Après quoi, il héritera de toute ma fortune. Mon neveu Georges étant l'aîné de la famille, en cette qualité je donne la priorité du choix à sa veuve, et c'est seulement au cas où, pour un motif ou pour un autre, elle refuserait cette offre, qu'on devra la transmettre à Mme Lantier.... »

Un cri étouffé avait interrompu le notaire, Mme Lantier se renversait sur sa chaise; le saisissement, la déception, étaient trop forts. Elle se trouvait mal. Pendant un instant elle avait eu l'espoir, le mirage des millions de l'oncle partagés soudain, on ne sait comment, entre sa belle-sœur et elle, par un coup de générosité inexplicable. Et qui sait même? lui revenant tout entiers. L'oncle s'était enquis sans doute, et édifié sur ses mérites supérieurs, sur ses charmes si durement traités par l'aveugle fortune, il trouvait bien juste de lui offrir cette compensation. En quelques minutes, toutes les chimères avaient traversé son cerveau puéril, jusqu'à celle d'un remariage avec l'oncle Goubaud... un portrait tombé miraculeusement entre les mains du planteur millionnaire : tels, jadis, les princes d'un État lointain traversaient les mers pour venir chercher la femme rêvée, le coup de foudre produit par sa seule image.

Nulle niaiserie, si invraisemblable fût-elle, que n'accueillît sa romanesque vanité. Si vite va l'imagination que, dans ce cabinet notarial, Mme Lantier avait vu défiler en tableaux enchanteurs sa nouvelle existence, l'entrée dans un hôtel luxueux, les fêtes qu'elle y donnerait, son nom dans les journaux, Gaston réintégré, monocle à l'œil, à l'aristocratique école.... Et, nouvelle Perrette, tout cela s'écroulait, comme un château de cartes, devant la proposition saugrenue, injuste, indigne, d'un vieil égoïste, d'un original fieffé, d'un maniaque....

« Remettez-vous, chère madame, disait maître Goblet, plus que jamais avec l'organe de l'acteur fameux, et des gestes de rampe, vu la circonstance théâtrale. Remettez-vous. Nous comprenons l'étonnement, l'émoi.... »

Mme Goubaud, elle, ne disait rien. Mais elle était devenue encore un peu plus pâle. Elle aussi avait eu un moment d'espoir. L'oncle, se rappelant tout à coup qu'il avait une famille, et apprenant les épreuves de ses nièces, n'allait-il pas leur offrir, non sa fortune, mais un appui dont profiteraient leurs enfants? Cette intervention miraculeuse pouvait la sauver. Et c'était cela qu'il avait trouvé, dans son cerveau bizarre, dans son cœur desséché d'homme trop riche, de vieux solitaire? Un fils, était-il possible qu'on osât proposer à une mère de lui prendre son fils?

Mme Lantier s'était ressaisie. Et comme dans un demi-rêve, les deux femmes entendaient le notaire qui poursuivait sa rhétorique fleurie et ses phrases ampoulées :

« Mesdames, M. Goubaud ne vous demande pas une réponse immédiate. Cet homme... d'affaires, nous dirons même, cet homme... d'argent — geste ample qui semble embrasser toute la fortune de l'oncle — est un homme qui comprend le cœur d'une mère, l'émotion bien légitime, le saisissement inévitable.... »

Le notaire bredouillait avec emphase.

« Bref, mesdames, dans huit jours, Mme Goubaud voudra bien se retrouver ici pour me faire connaître sa réponse. Telles sont les instructions de M. votre oncle. »

M. Goblet reconduisait ses clientes jusqu'à la porte, car c'était un homme plein d'empressement et de courtoisie. Mme Lantier se soutenait à peine. Le notaire saluait, avec un dernier plongeon :

« Mesdames, rappelez-vous que je suis tout à vos ordres. Usez de moi, ne craignez pas d'abuser. *Utendi et extendi.* »

Il affectionnait cette citation qui, dans sa pensée, lui donnait un air de latiniste.

« Votre serviteur, mesdames. »

Et, sur une pirouette, il disparaissait soudain comme escamoté. C'était sa façon de prendre congé. Il soignait cet effet, le jugeant peu banal, et de nature à impressionner le client.

Les lèvres de Mme Goubaud avaient tremblé. Elle était prête à crier : « Ce délai est inutile. Ma réponse est certaine.... » Et puis, elle s'était tue. Une pensée lancinante avait retenu la protestation indignée : elle n'avait pas le droit de décider seule. C'était l'avenir, la vie de son fils qui étaient en jeu : elle ne devait pas en disposer.

Dehors, Mme Lantier retrouva la parole :

« Je... je vous félicite, ma chère. Demain votre fils sera... sera millionnaire. C'est un beau rêve que vous faites. »

Le chagrin, le dépit, la jalousie, trop de sentiments se heurtaient dans ce cœur étroit qui n'était pas de taille à contenir tant de choses. Elle étouffait.

Mme Goubaud n'avait pas répondu. Alors elle eut un petit rire saccadé, et elle reprit :

« Il est vrai que bien des mères n'accepteraient pas un tel marché.... Et aussi l'on se demandera peut-être ce que vous avez pu faire, votre fils et vous, pour mériter tant de munificence de la part de l'oncle.

— Olga, dit Mme Goubaud, je crois que vous ne comprenez pas bien la portée de vos paroles. Vous ne me semblez pas en possession de vous-même, et je vous demanderai de ne pas ajouter un mot de plus. »

Et il y avait tant de dignité dans son accent, quelque chose de si imposant, qu'impressionnée, la belle-sœur se tut.

Incapable de marcher, Mme Lantier héla une voiture, et c'est à peine si elle eut assez d'empire sur soi-même pour tendre la main à Mme Goubaud et balbutier quelques confuses paroles d'adieu.

VI

Mère et fils.

Quand Mme Goubaud rentra, Donald était déjà de retour du lycée. Le repas avait été préparé par Séraphine. Il ne restait qu'à le servir. Le jeune garçon vint comme d'habitude au-devant de sa mère et l'embrassa tendrement. Mais accoutumée à lire sur son visage, elle vit, malgré ses efforts pour le cacher, qu'il était préoccupé ou las, et le pli de sa bouche sérieuse s'accentuait jusqu'à exprimer la tristesse, et presque l'amertume.

Pourtant, assis devant sa mère, la regardant de ses yeux gris, un peu froids, et qui pour elle devenaient caressants, sa physionomie se détendit et il demanda :

« Eh bien! maman, donnez-moi les nouvelles. Me direz-vous quelle était cette mystérieuse communication? Je suis tout de même curieux de le savoir. L'oncle nous invite-t-il à passer quelque temps dans ses plantations de canne à sucre?

— Donald, dit la mère avec douceur, veux-tu que nous déjeunions d'abord? nous causerons de cela ensuite? »

Surpris il répondit : « Comme vous voudrez, maman ». Et frappé par l'altération qui perçait dans la voix de sa mère, sous le calme voulu de ce cher visage, il sentit, à son tour, une émotion cachée, et il interrogea, inquiet : « Ce n'est rien de désagréable au moins? Vous n'avez pas de nouveaux tracas? »

Elle fit signe que non, de la tête. La mère et le fils mangeaient sans parler. Et soudain Donald, laissant percer, presque malgré lui, le souci qui l'oppressait : « Tout de même, dit-il tristement, si l'oncle me donnait seulement le moyen de continuer mes études, je ne lui en demanderais pas davantage. Le trimestre touche à sa fin. Et j'ai bien peur, de la façon dont vont les choses.... » Il s'arrêta, s'en voulant déjà de ce qu'il venait de dire, mécontent contre lui-même qui manquait de force d'âme et laissait voir son inquiétude à sa mère.

Il la regardait de ses yeux gris.

L'heure du repas était à l'ordinaire leur moment de détente et de halte. Cette fois ils l'achevèrent vite et presque en silence, et quand ils l'eurent terminé, Mme Goubaud prit la parole :

« Écoute-moi, Donald, voici ce que

voulait l'oncle. Il désire revenir en France. Il n'a pas d'enfants, il ne s'est pas marié. Et il propose de faire de toi son héritier. Il t'adoptera. Légalement tu seras donc son fils. Tu vivras avec lui, et plus tard toute sa fortune t'appartiendra. »

Une vive rougeur envahit le visage du jeune garçon. De nature concentrée, plus encore que sa mère, il n'eut pas les exclamations stupéfaites que l'on eût attendues de son âge. Le choc fut tout intérieur. Pendant un instant il resta muet. Puis il répéta : « M'adopter? il veut m'adopter? » Et sans même avoir la curiosité de connaître les raisons du choix que faisait l'oncle entre ses deux neveux, de savoir les circonstances de cette adoption, il demanda seulement : « Mais alors, que serait cette existence pour vous, maman, quelle place vous y ferait-on?

— Je ne sais pas encore exactement. Je viendrai te voir. Tu viendras aussi. Nous ne serons pas tout à fait séparés. Nos vies seront différentes, voilà tout. Et tu ne changerais même pas de nom. C'était l'oncle de ton père....

— En vérité? Et que lui avez-vous répondu? interrogea Donald avec vivacité.

— Je n'avais pas à répondre. Je devais d'abord te consulter. C'est à toi, mon fils, qu'il appartient de décider. »

Il y eut une pause, un silence quasi solennel.

« N'oublie pas, dit la mère d'une voix ferme, qu'il s'agit de toute ta vie. Songe que notre situation est plus que difficile, que, peut-être, — sa voix faiblit légèrement, — tes études... je ne sai si tu pourras les continuer. Nos ressources s'épuisent. J'ai senti, il y a un instant, ton découragement, ton inquiétude. Il ne faudrait pas sacrifier toute ta vie à une question de sentiment.... Donald, tu as huit jours pour réfléchir. C'est une grande décision à prendre.... »

Donald s'était levé. Il vint s'agenouiller devant sa mère. Il l'entoura de ses bras, comme au temps où il n'était qu'un petit garçon :

« Je n'ai pas besoin de réflexion.... Et j'étais prêt à me plaindre, quelle leçon! Croyez-vous donc que je consentirai jamais à ne plus être votre fils? »

Elle voulut contenir son émotion. Elle insista :

« Comprends bien, Donald. Que feras-tu si, faute de ressources, il te faut renoncer à la carrière paternelle, à cette École Polytechnique dont tu rêves depuis ta petite enfance?

— Je n'y renoncerai pas.... Je puis obtenir une bourse d'internat dans un lycée de province, si on ne me l'accorde pas à Paris. Et vous verrez comme je travaillerai.

— Et s'il te faut gagner notre vie tout de suite, à tous deux, si je ne trouve pas d'emploi?

— D'autres, plus jeunes que moi, gagnent déjà celle de leurs parents... je deviendrai un ouvrier, s'il le faut. Mais je serai toujours votre fils et celui du capitaine Goubaud. »

Éperdue, la pauvre femme pleurait, tout son calme d'emprunt évanoui. Elle serrait le jeune homme contre son cœur. Et comme à l'heure suprême où, en le regardant, elle avait trouvé la force de vivre, elle ne dit qu'un mot : « Mon fils ! » Mais jamais, depuis la première fois où elle l'avait prononcé, elle n'y avait mis tant d'orgueil et tant de tendresse.

Une scène bien différente se passait chez Mme Lantier. D'abord, prétextant de son émotion, Gaston s'était dispensé du lycée. Accoudé au balcon, il guettait le retour de sa mère. Il la vit descendre de voiture, et ayant monté précipitamment l'escalier, la porte ouverte, elle vint s'effondrer, suffocante, à bout de forces, dans un fauteuil,

« Ah mon pauvre Gaston! quelle chose horrible, quelle abomination! Qu'avons-nous fait pour que le sort s'acharne ainsi contre nous! » Et sur son visage bouleversé, des larmes, larmes de colère et de dépit, coulaient en traçant un sillage le long ses joues plâtrées de rose et de blanc.... « Cet oncle, ce vieux fou, ce misérable, nous spolier, nous dépouiller.... Mais je ne me laisserai pas faire, j'irai en justice, oui, je l'attaquerai.... Nous verrons bien si les juges vont permettre.... »

Inquiet, Gaston l'interrompit brusquement :

« Mais parlez donc, toutes ces lamentations ne m'apprennent rien. Je ne puis deviner de quoi il est question. »

Elle reprit : « Mon pauvre Gaston! » Et d'un ton entrecoupé, elle parvint enfin à faire le récit de sa terrible déconvenue.

« Ah! c'est parfait, dit Gaston d'une voix blanche, les dents serrées, son joli visage de blond fadasse, décomposé, comme celui de sa mère, par la stupeur et la rage — en vérité, c'est parfait, c'est charmant. On ne pouvait rien imaginer de mieux. Voilà cet imbécile de Donald devenu millionnaire du jour au lendemain. Car il acceptera, ce serait folie d'en douter, et moi je reste Gros-Jean comme devant, Et pourtant, qu'a-t-il fait de plus pour qu'on lui donne à choisir le premier? Il n'a pris la peine que de naître chez les Goubaud plutôt que chez les Lantier...

« Ah! puis, tenez, dit-il furieux, de bourru devenant grossier, accoutumé à se laisser aller à toutes ses impressions, et dans la violence de son désappointement perdant toute conscience et toute mesure — tenez, c'est votre faute aussi, vous n'avez jamais su vous y prendre. Depuis la mort de mon père, vous larmoyez, vous vous désolez, et pour moi, que faites-vous en somme? rien du tout. D'autres se fussent préoccupées de leurs fils. Il fallait écrire à l'oncle, entrer en relation avec lui, l'intéresser à moi.... »

Mme Lantier protesta.

« Que pouvais-je faire de plus? Il n'a jamais répondu à nos lettres. Souvent nous nous sommes demandé s'il n'était pas mort sans que nous l'ayons su....

— Ma tante aura mieux manœuvré, elle se sera montrée plus fine que vous. Au fond, Donald, sa mère, avec leurs attitudes romaines, ce sont des malins. Dieu sait ce que ma tante a manigancé! Et je ne lui en veux pas, elle a bien fait, je l'approuve, elle a travaillé pour son fils.... Voulez-vous que je vous dise? vous ne m'avez jamais aimé.

— Oh! Gaston! » dit la pauvre femme saisie.

Et pour léger qu'il fût, malgré tout, son cœur maternel ressentant la blessure faite par l'indifférence, l'inconscience d'égoïsme de ce fils tant gâté qui n'exprimait que regrets et rancune à la pensée de rester le sien, elle dit douloureusement :

« Tu aurais donc accepté si facilement d'être l'enfant d'un autre, de ne plus porter le nom de ton père? »

Honteux, Gaston se tut. Puis les mauvais sentiments l'emportant dans cette âme veule, il secoua les épaules :

« Je vous en prie, pas de mélodrame. Ce sont des mots, tout cela. Vous savez bien que je serai toujours votre fils. Ce n'est pas un changement de nom qui y fait quelque chose, Goubaud, Lantier, cela se vaut. Et vous-même, est-ce que vous n'auriez pas été contente d'en finir avec cette vie crasseuse, de reprendre un rang dans le monde? Moi je serais rentré dans mon école de la rue d'Assas, j'aurais fait du cheval, de l'escrime.... Nous aurions eu une auto.... »

Au tableau de ce paradis, aussitôt perdu qu'entrevu, Mme Lantier s'était remise à pleurer, sans souci, pour la première fois peut-être, du dommage que ces larmes causaient à sa figure.

« C'est bon, dit Gaston hors de lui. Je sors, je vais faire un tour. J'étouffe.... Je remâcherai ma déveine. Cela me tiendra lieu de déjeuner. »

VII

La roue de la Fortune.

Quarante-huit heures après, c'était un bouleversement indescriptible dans la maison de Mme Lantier. Donald n'avait pas voulu attendre le délai de la semaine, fixé par le notaire, pour faire connaître sa décision. Il avait formellement déclaré qu'il refusait, d'accord avec sa mère, l'offre d'adoption de l'oncle Goubaud. En conséquence, avis en avait été donné à Mme Lantier, et par un nouveau revirement du sort, la roue de la Fortune, tournant en leur faveur, mère et fils voyaient se réaliser leurs vœux les plus extravagants au moment même où ils désespéraient.

En quelques jours ils avaient passé par plus d'émotions que souvent n'en contient toute une existence.

Affolée, triomphante, pleurant, riant, et somme toute, ne sachant plus du tout ce qu'elle faisait, — elle ne l'avait jamais su beaucoup, — Mme Lantier n'était pas bien sûre de ne point rêver. Elle se tâtait, les

IL DESCENDAIT, SUIVI DES SIENS.

premiers jours, se demandant si toute cette histoire n'était pas un mirage, craignant de voir s'évanouir fortune et bonheur, comme au réveil s'évaporent les félicités entrevues en songe. Mais on s'habitue vite aux choses agréables, aux changements heureux. Et au bout de peu de jours, Mme Lantier et Gaston étaient si bien entrés dans la peau de leurs nouveaux rôles qu'il leur semblait n'en avoir joué d'autres de toute leur vie.

Autour d'eux la nouvelle s'était répandue comme une traînée de poudre. Tout le quartier était en émoi. Parmi les fournisseurs, les concierges, les commères du voisinage, il n'était plus question d'autre chose. On ne savait pas exactement comment cette fortune leur était arrivée. Mais on parlait de millions, d'un oncle d'Amérique ou des Indes, et les Lantier, mère et fils, ne pouvaient sortir de chez eux sans être le point de mire de tous les regards. Comme ils s'étaient fait peu aimer, on ne sympathisait que médiocrement à leur chance. Mais on les regardait, on les enviait, et ils n'en demandaient pas davantage. Ce triomphe leur suffisait.

Mme Lantier avait eu pourtant un petit moment désagréable — lorsqu'il lui avait fallu se retrouver en présence de sa belle-sœur chez le notaire : — car l'oncle Goubaud, homme d'affaires avant tout, avait voulu que tout se passât correctement, et exigé la renonciation de l'une et l'acceptation de l'autre par-devant homme de loi. — Mme Goubaud lui avait serré la main tranquillement, comme si rien de particulier ne fût survenu entre elles. — D'ailleurs elle conservait en toute circonstance son naturel et sa simplicité. — Mais la mère de Gaston, embarrassée, pour cacher sa gêne, prenait un air pincé, et disait, agressive et pointue :

« Vous le voyez, ma chère, nous acceptons ce que vous refusez. Chacun son point de vue. Tout le monde n'entend pas l'amour maternel de la même façon. » Et comme Mme Goubaud ne disait rien, estimant qu'il n'y avait rien à répondre, Mme Lantier, mortifiée, reprenait avec un redoublement d'aigreur :

« Il en est qui pour jouer les Cornélies, au fond, sacrifient leurs enfants. Moi je suis de celles qui se sacrifient elles-mêmes. On m'admirera peut-être moins,... mais j'aurai fait le bonheur de mon Gaston. »

Ce langage différait un peu de celui qu'elle avait tenu quelques jours auparavant, mais qu'importe !

Mme Goubaud avait réprimé un sourire, et ce fut tout. Ainsi Mme Lantier put sans mensonge raconter à son fils comment elle avait su fermer la bouche à sa belle-sœur, et la réduire au silence.

Il est des jours qui passent comme des heures. Les événements avaient marché avec une rapidité de songe. Lorsque Mme Lantier essayait de se rappeler cette période de son existence, elle ne la voyait plus que comme un brouillard confus, un tourbillon, jusqu'au jour où l'arrivée de l'oncle Goubaud à Paris lui était annoncée. Il avait débarqué dans un hôtel luxueux de la place Vendôme. On l'y avait inscrit : « M. Goubaud, de la Martinique, et sa suite ». Et c'était chez les Lantier une agitation sans pareille. Dix fois Gaston refaisait le nœud de sa cravate et sa raie impeccable entre ses bandeaux vernis, il allait et venait fiévreusement en l'attente de sa mère qui n'en finissait plus de mettre la dernière main à sa toilette, et surtout à son visage — et impatient il lui criait : « Voyons, nous n'allons pas arriver après les autres ? » Car l'oncle avait fait savoir à ses neveux et nièces qu'il les attendait dans l'après-midi, et désirait les recevoir ensemble, ceux qui devenaient sa famille, et ceux auxquels il resterait étranger.

Mme Lantier enfin prête envoyait chercher une automobile : il s'agissait de se présenter dans un état de fraîcheur immaculée... au surplus, de futurs millionnaires allaient-ils se commettre en métro ou en omnibus ?

Pendant le trajet, mère et fils se taisaient. Chacun suivait ses pensées, et sans doute une secrète émotion, qui n'était pas exempte de quelque gêne, les rendait muets.

Comme ils descendaient de voiture arrivaient à pied Mme Goubaud et son fils. Donald avait pris le bras de sa mère, suivant son habitude. Ils marchaient paisiblement en causant. « Cette Christine, marmottait Mme Lantier, quelle faiseuse d'embarras ! » Gaston haussait les épaules : « Et regardez l'accoutrement du fils! dans ses habits de deuil à trente-neuf francs.... » Mais il n'en dit pas davantage.

Donald était à proximité, et Gaston n'avait pas envie d'amener aux lèvres de son cousin un certain pli, et à ses sourcils un froncement qu'il connaissait et qui n'était pas très rassurant.

« Si ces dames veulent entrer, dit le valet de pied stylé, leur ayant fait traverser une enfilade de salons d'un luxe aveuglant. M. Goubaud est prêt à les recevoir. »

Ce fut un moment impressionnant. « Olga, passez la première », avait dit Mme Goubaud, et le cœur battant, Mme Lantier et son fils faisaient leur entrée.

Dans un vaste fauteuil, un vieil homme était assis, ou plutôt écroulé. De son visage on apercevait, au-dessus d'une barbe blanche en broussaille, un grand nez et sous des sourcils épais et hérissés, deux petits yeux clignotants à demi cachés par les paupières lourdes. Il était enveloppé d'une bizarre robe de chambre à ramages, coiffé d'une calotte enfoncée jusqu'aux oreilles, et il fumait une pipe à long tuyau. Tel se présentait ce personnage extraordinaire qui d'un coup de baguette faisait jaillir l'or et transformait les existences.

Sans bouger, sans faire un geste, il regarda le groupe des deux femmes en deuil et des deux jeunes garçons. Et tandis que Mme Goubaud disait en s'avançant, avec simplicité, d'une voix tranquille : « Bonjour, mon oncle, vous avez fait bon voyage? » Mme Lantier, se croyant obligée à des effusions, s'élançait, bras en avant : « Ah! mon bon oncle, que je suis émue! quel saisissement, quel bonheur! comme tout cela est étonnant! Gaston, tu le vois, voici ton bon oncle Goubaud dont nous parlions si souvent. Mon bon oncle, votre neveu Gaston, qui vous aime tant.... » L'oncle interrompit brusquement, éloignant, d'un geste de la main qui repousse, sa nièce prête à tomber sur son épaule : « C'est bien, ma nièce, je vous sais gré de ces sentiments. Mais je n'aime pas les démonstrations. Inutile de m'appeler « mon bon oncle », vous ne savez pas encore si je suis bon.... » Mortifiée, Mme Lantier reculait, tandis que Gaston décontenancé, en faisait autant. Et l'oncle, s'adressant à Donald qui se tenait discrètement en arrière :

Les Lantier étaient le point de mire de tout le monde.

« Et toi, mon garçon, avance un peu que je te voie; tu ne dis rien, tu ne m'appelles pas mon bon oncle? C'est donc que tu ne m'aimeras pas, que tu n'es pas content de me voir? »

Et comme Donald se contentait de sourire à demi, en guise de réponse, l'oncle de ses yeux clignotants, regarda successivement les deux mères, les deux fils, et il demanda : « De vous deux, quelle est la femme de Georges, quel est celui qui va devenir l'héritier de l'oncle Goubaud? »

Il y eut un silence embarrassant. Mme Lantier, qui avait médité de pousser Gaston dans les bras de l'oncle, n'osait plus risquer une seconde fois ce geste de mélodrame, si mal accueilli la première. Mme Goubaud prit alors la parole :

« Mon oncle, dit-elle en posant doucement sa main sur l'épaule de Donald, voici le fils de votre neveu Georges.

« Je veux d'abord vous remercier pour lui de votre offre si généreuse. Tous deux nous en avons été touchés, et nous vous serons toujours reconnaissants. Mais Donald désire ne pas me quitter, et continuer le genre de vie qu'il a mené jusqu'ici....

— Alors c'est l'autre qui sera l'héritier, interrompit brusquement l'oncle sans paraître se soucier de plus d'explications.... Et comment s'appelle-t-il?

— Gaston, mon bon... mon, mon oncle, dit Mme Lantier.

— J'aime les situations nettes, dit l'oncle qui avait relevé sa tête penchée sur sa poitrine, et dont les yeux éteints devinrent soudain singulièrement perçants. Donc, ma nièce, femme de Georges Goubaud, ne vous attendez pas à recevoir jamais un sou de moi. Chacun sa route. Votre fils a refusé de devenir le mien. A son aise. Mais qu'il ne compte point que l'oncle Goubaud l'aidera. Ce serait trop commode. A partir d'aujourd'hui il n'y a plus d'oncle Goubaud, je n'ai plus de neveu, j'ai un fils, un héritier.... J'aurais préféré que ce fût l'autre.... Tant pis, puisqu'il n'a pas voulu, on s'accommodera de celui-là. »

Une sorte de froissement apparaissait dans les paroles de M. Goubaud. Accoutumé à régner en maître, pour la première fois peut-être il rencontrait un obstacle à sa volonté, quelqu'un qui lui tenait tête, et qui n'était pas disposé à s'incliner devant la fortune. Une femme, un jeune garçon, plaçaient quelque chose au-dessus de l'argent — de *son argent*. Il en était surpris, — au fond peut-être admiratif — mais il en éprouvait mécontentement et presque rancune.

M. Goubaud se tourna vers Mme Lantier. Derechef elle avait rougi de mortification, tandis que l'orgueil blessé se lisait sur le visage du fils. Décidément, dans les plantations, l'oncle avait gagné une fortune — mais il n'avait pas appris les égards et la politesse.

« Pour vous, ma nièce, Olga Lantier, voici ce que j'ai décidé. Vous allez venir demeurer avec moi. Sur mes vieux jours j'ai cette fantaisie de vouloir goûter à la vie civilisée après avoir mené celle d'un sauvage. Vous aurez la direction de la maison. Nous chercherons un hôtel dans le quartier des Champs-Élysées. Vous connaissez du monde, vous pourrez recevoir si cela vous amuse....

— Ah! mon bon oncle, dit Mme Lantier transportée — ces mots magiques : « un hôtel aux Champs-Élysées », « recevoir », effaçant tout le reste, faisant tourner sa pauvre cervelle, — comment pouvez-vous douter?... Soyez assuré..., tout mon dévouement vous est acquis.... »

L'oncle interrompit :

— Pas de dévouement. Je n'en demande pas, je n'en ai jamais demandé. Nous faisons un arrangement. Chacun y trouve son compte — voilà tout. Et maintenant que l'essentiel est dit, nous réglerons le reste plus tard. Pour aujourd'hui nous allons nous reposer. Savez-vous que c'est un assez long voyage, celui que je viens de faire? Prenons du thé, cela va nous réchauffer. Dans votre Paris on grelotte. Ma nièce, il faudra surveiller le chauffage.... »

L'oncle se leva. Mme Lantier s'était précipitée pour lui prêter son bras. Mais il refusait d'un geste de tête. Debout il était grand, osseux, voûté, la face cuite, tannée par le soleil, creusée de larges sillons, stigmates de sa vie laborieuse et aventureuse. Et pourtant, sous ces traits rudes, sous ce masque quasi de vieux forban, pour qui sait lire dans ce livre qu'est la physionomie humaine, on découvrait de la bonté.

Sans souci de son étrange costume, de sa robe de chambre bariolée, il descendait, suivi des siens, dans le hall où, à cette heure, le Tout-Paris élégant se retrouvait pour prendre le thé, ce « Tout-Paris » composé surtout d'exotiques : Anglaises, Américaines, Espagnoles, fleurs de luxe de tous les pays. Tous les yeux se tournaient vers M. Goubaud. Sa tenue faisait d'abord chuchoter et sourire. Puis les domestiques, discrètement, ayant fait savoir qui était cet original : un multi-millionnaire, un nabab, qui avait retenu le plus bel appartement du Ritz, aussitôt l'attitude avait changé : un homme si riche a droit à la bizarrerie et au sans-façon. Et de railleurs, les regards étaient devenus respectueux.

Gaston se rengorgeait. Il se trouvait dans son élément. Mme Lantier parlait très haut, ayant soin de répéter : « Mon oncle, mon bon oncle », afin que l'on sût bien le lien qui l'unissait à ce personnage. Quant à l'oncle, il n'avait plus dit un mot. Il gardait sa physionomie renfrognée, et dédaigneux de l'attention générale, absorbait tasses de thé sur tasses de thé. Fatiguée, et jugeant d'ailleurs que sa présence n'était plus nécessaire, Mme Goubaud s'était levée, et faisant signe à son fils, discrètement ils prenaient congé, tandis que l'oncle répondait à peine à leurs saluts d'adieu.

Tous deux rentraient à pied, par économie, comme ils étaient venus. Après un silence, où chacun suivait ses pensées, Donald dit à sa mère :

« Avez-vous remarqué, maman, la façon dont mon cousin m'a tendu la main, deux doigts, négligemment d'un air de condescendance : un grand seigneur à quelque pauvre diable.... »

Mme Goubaud sourit aussi. Et puis elle dit :

« C'est une grande épreuve que la richesse. Espérons qu'il saura la supporter. »

VIII

La petite diablesse.

Vous voici au courant, madame.... Deux cents francs par mois, plus les repas que vous prendrez avec votre élève et sa grand'mère.... Si ces conditions vous agréent et que vous ne redoutiez pas les originalités de la vieille dame, la place est libre, vous n'avez qu'à vous présenter. On vous attend aujourd'hui même. »

Ainsi parle la directrice du Cours La Fontaine, l'air majestueux sous sa mantille, avec une condescendante solennité, ainsi qu'il sied à une personne de cette importance lorsqu'elle s'adresse à celles qui « cherchent une place ».

Mme Goubaud répond avec un léger tremblement dans la voix :

« La situation me convient, et je vous remercie, madame, d'avoir pensé à moi.... »

D'un geste protecteur, la Directrice accueille et interrompt en même temps ces remerciements, et elle poursuit :

« On tient beaucoup à une femme du monde, pour donner de bonnes manières à la petite, qui est une vraie sauvage. Vous êtes musicienne, vous avez occupé « une certaine situation », vous ferez l'affaire. Entre nous soit dit, la vieille dame est impossible : une tête de bohémienne, un accent du Midi. Ce sont des gens plus qu'ordinaires, des parvenus : la fortune gagnée dans je ne sais quel commerce : les pâtes alimentaires ou la bâtisse. Mais vous ferez bien de ne pas vous montrer trop difficile. Bien des gens ne tiennent pas à une veuve, on est obligé de se gêner.... Et puis ce deuil, c'est impressionnant, vous comprenez, cela jette un froid....

— Je le sais, madame, répond tranquillement Mme Goubaud. Aussi suis-je décidée à accepter. »

C'est au Parc-Monceau, dans un de ces immeubles modernes où rien ne manque en fait de confort et de luxe : ascenseur, électricité, téléphone, tapis, glaces et dorures, mais où l'on croit entrer dans une caserne, banal, inhospitalier, construit à la grosse; le contraire de la *domus* antique.

Dans la loge, agencée comme un cabinet ministériel, le concierge trône, galonné, rébarbatif et solennel, ainsi qu'un huissier. Il dévisage de haut en bas Mme Goubaud, et à sa demande poliment formulée :

« Mme Cabassou, s'il vous plaît? »

Il répond d'un air rogue :

« Au premier étage. Mais je ne sais si madame vous recevra.

— Mme Cabassou m'attend aujourd'hui...

— Alors vous pouvez monter », déclare majestueux et condescendant cet important fonctionnaire.

Introduite dans un salon installé avec le plus parfait mauvais goût, tentures criardes, plafond azuré, mobilier mi-partie acajou provincial, mi-partie laquage et ripolinage des magasins de nouveautés, portraits : la galerie de famille. Une vieille dame au nez recourbé, aux yeux de braise, étalant ses mains, les dix doigts écartés, pour que pas une des bagues dont ils sont chargés n'échappe au regard. En face, celui d'un vieux monsieur, qui a le physique et la distinction d'un terrassier en redingote. Puis un couple, la main dans la main, se faisait des yeux blancs. Ensuite une petite fille d'une dizaine d'années. Sur

Le concierge dévisage de haut en bas Mme Goubaud.

Mme Goubaud constate en outre, non sans surprise, un désordre qui semble peu de mise dans une telle demeure. Tous les meubles sont bousculés et placés de guingois, si bien qu'on se croirait à la veille ou au lendemain d'un déménagement. La poussière recouvre d'une couche grise les consoles et les guéridons. La peinture blanche et or des boiseries est fâcheusement maculée de traces noires. Sur les fauteuils s'étalent des vêtements féminins.... Au surplus la femme de chambre n'a pas l'air plus ordonné. Sur ses cheveux au vent, un mouchoir rouge, coiffure des Bordelaises, est noué à la diable, et elle relève un coin de son tablier, dans le vain espoir d'en dissimuler la malpropreté.

Au mur sont suspendus une série de toutes ces faces se retrouvent les mêmes prunelles d'encre, les mêmes sourcils charbonneux, caractéristiques de la famille. Les cadres sont magnifiques. On n'en saurait dire autant de la peinture. Et l'envie de rire prendrait les plus moroses devant cette exposition caricaturale.

Mme Goubaud a tout le temps de l'examiner, car on la fait attendre interminablement. Elle se demande si elle n'a pas été oubliée, lorsqu'un bruit de voix lui parvient, des exclamations indignées, et, les dominant, un éclat de rire enfantin. La porte s'ouvre brusquement, et une vieille dame paraît, coiffée d'un extraordinaire bonnet à fleurs enfoncé sur le sourcil gauche. Sur son visage parcheminé, on reconnaît le nez en bec et les yeux de braise du portrait. Et elle s'exclame avec un terrible accent toulousain :

« Ah! la poison, la tigresse, je la hacherai en petits morceaux, je lui ferai tourner la tête ci-devant derrière. Mais elle se rit de mes menaces, elle me prend pour son bouffon! Les enfants d'aujourd'hui, quelle graine! »

Un peu décontenancée, Mme Goubaud s'est levée. Derrière la vieille dame, elle voit pointer le visage d'une petite fille, la même sans doute dont elle a contemplé le ridicule portrait. Dans sa face ronde et joyeuse, qui rit de toutes ses fossettes, ce sont les mêmes yeux noirs étincelants; mais, contraste charmant, l'enfant a les cheveux blonds, d'un blond d'or roux, qui fait ressortir encore l'éclat de ses prunelles de noir diamant.

« Pardon, excuse, madame, dit la vieille dame, s'efforçant de remettre d'aplomb son bonnet, qu'elle ne parvient qu'à faire vaciller de l'œil gauche sur l'œil droit. Cette petite, elle me révolutionne, elle me mettra sous la terre.... Sans doute vous êtes l'institutrice?

— En effet! madame, je suis envoyée par le Cours La Fontaine....

— Ah bien, ma pauvre madame, vous aurez à faire ici avec cette diablesse. Il faudra vous tenir calme au moins. Moi je ne peux pas. Dites, à l'instant encore, ce qu'elle vient d'imaginer.... Ma chère dame, en vous attendant, je me tirais les cartes. C'était sérieux au moins. La petite arrive, d'un coup de main elle renverse l'étalage, toutes les cartes en l'air.... »

A ce souvenir, la fillette en train de regarder Mme Goubaud d'un air curieux où semble déjà pointer une vague attirance, éclate de plus belle.

« Taisez-vous, mademoiselle, dit la grand'mère. — Je voyais venir la Dame de Cœur — une femme sympathique — ah! par exemple, entourée de piques : du deuil, du deuil, et voilà qu'on m'annonce une personne avec des voiles de crêpe. Et puis cette petite peste, de brouiller le jeu à l'instant où les cartes allaient me dire ce que vous êtes....

— Madame, vous le saurez bien mieux en me mettant à l'épreuve », dit Mme Goubaud, qui a grande envie de rire.

Mme Cabassou lui jette un regard méfiant :

« Les cartes disent tout. Et avec le monde d'aujourd'hui on est si trompé.... Alors c'est la directrice du Cours qui vous envoie... une bonne personne, cette Mme Lafontaine.... » Pour la vieille dame, la directrice du Cours La Fontaine évidemment ne saurait être que Mme Lafontaine. « Vous avez vos brevets au moins?

— J'ai le brevet supérieur, madame. Je sais l'anglais à fond, et assez bien l'allemand.

— Et du piano, vous en touchez? ou faudra-t-il prendre un professeur de musique pour la petite?

— Je crois que cela ne sera pas nécessaire. Je suis bonne pianiste, et j'espère suffire à l'instruction musicale de votre petite-fille.

— Et qu'est-ce que vous savez encore faire, ma chère dame? » demande Mme Cabassou qui à force de se battre avec son bonnet, est parvenue à le poser d'aplomb, mais l'a enfoncé de telle sorte sur ses yeux, qu'elle tient le menton levé et tend le cou pour y voir clair sous sa coiffure en visière.

Mme Goubaud dit avec douceur et dignité :

« Je suis mère moi-même, madame, et je sais aimer les enfants.

— C'est vrai, ma pôvre dame, faites excuse, vous avez été mariée, vous avez un garçon, on me l'a dit pourtant; mais ma vieille cervelle n'y est plus, avec tant de tracas! Moi, je vais vous expliquer. Nous sommes de Bergerac. Mon défunt était fumiste, je n'en rougis pas, c'était une capacité. Il a construit, il a fait sa fortune, et marié ma fille à un fabricant de pâtes, vous avez bien entendu parler, sans doute, les pâtes Morisset? Encore une capacité, celui-là. Ils ont eu la petite. Et puis, tous les malheurs à la fois. Ma fille attrape une fluxion de poitrine — une si belle fille! forte comme un Turc.... Dix mois après, c'est le mari qui s'en va, d'une maladie... les docteurs donnent de ces noms impossibles.... Mais moi je sais bien que c'est de se languir après sa femme qui l'a emporté.... Vous me croyez surprise? Pas du tout, ma chère dame, tout cela devait arriver. Croiriez-vous qu'à leur messe de mariage, voilà les cierges qui s'éteignent?

« Bon, je me dis, attends demain, tu vas voir ce qui te tombe. » Et ce n'est rien encore : en sortant de l'église, mon gendre donne un coup de pied à un chat noir qui lui file entre les jambes. Les chats noirs, cela porte bonheur si on les caresse ; mais c'est tenter le sort que leur faire du mal.... Enfin mon pauvre mari s'en va à son tour. Les voilà tous partis. Je n'ai plus que cette mignonne. A mon âge, quel casse-tête ! Mais je ne veux pas la mettre en pension, je la garde avec moi.... »

Pendant ce discours qui l'ennuie, l'enfant s'est approchée de Mme Goubaud, tenant fixés sur elle ses grands yeux noirs brillants d'intelligence. Mme Goubaud lui tend la main ; avec ce sûr instinct de l'enfance qui ne se trompe pas et va vers qui l'aime, la petite y met la sienne. Mme Goubaud l'attire à elle, doucement, et l'embrasse.

La vieille dame surprise :

« Vous l'avez donc apprivoisée ? J'aime mieux vous le dire, la petite a bon cœur, mais c'est du salpêtre. Nous avons changé d'institutrices, combien de fois ! Elles ne savaient pas la prendre. Et puis, pas de manières, pas de distinction. La petite sera très riche ; elle pourra s'offrir un mari de la noblesse, si elle y tient. Elle a le physique. Mais il faut les manières, pour le Faubourg. Alors j'ai demandé une femme du monde.... »

Et ne prenant haleine que pour repartir de plus belle :

« Qu'est-ce qu'il faisait votre mari ?

— Il était officier....

— Dans l'armée ? cela me va. C'est du monde honnête. Cette dame Lafontaine vous a dit les conditions ? Deux cents francs, la table, le coucher....

— Pour coucher, madame, dit Mme Goubaud dont la voix tremble un peu — elle a si peur d'un refus ! — je ne le pourrais pas. J'ai un fils, un garçon de quinze ans, qui fait ses études à Paris. Je désire rentrer le soir.... »

La vieille dame regarde la petite fille qui s'est assise sur les genoux de Mme Goubaud, la tête câlinement appuyée sur son épaule : « Tu le veux, mignonne petite Yolande, que cette dame reste avec nous ? Alors tu seras sage le soir, tu te coucheras tranquille.... Allons... on pourra s'arranger, zou, vous viendrez demain, et l'on commencera le piano, la couture, l'arithmétique... et surtout les belles manières. Car je vais vous dire, pour l'instruction, chère dame, vous savez, avec son argent, la petite pourra s'en passer ! »

IX

Bonheur de riches.

Aux Champs-Élysées, à l'angle de la rue Pierre-Charron et de l'avenue, devant un hôtel somptueux, c'est un va-et-vient de voitures et de fournisseurs. On apporte des meubles, des ballots, des paquets de toute forme, de toute dimension. Dans le vestibule, des domestiques en tenue du matin, gilet rayé, tablier blanc, s'affairent, le plumeau, la brosse et le torchon en main. Tandis que, trônant au milieu d'eux, un jeune nègre du plus beau noir, les mains dans les poches, les regarde s'agiter, sans manifester la moindre intention d'en faire autant.

Cet hôtel est celui de l'oncle Goubaud, choisi, puis acheté, sur les conseils du notaire, M. Goblet. Et c'est dans cette demeure princière qu'un matin Mme Lantier et Gaston, désormais Gaston Goubaud, ont fait triomphalement leur entrée.

Les meubles qui furent témoins de son passé liquidés sans un regret, le terme de son appartement payé, elle a dit adieu à toute une partie de son existence, sans un regard en arrière, sans un souvenir pour ce qui fut sa vie d'épouse et de mère, et elle s'élance vers l'avenir, toute à la griserie de cette existence de luxe, qu'elle a toujours rêvée et qu'elle va enfin réaliser.

« Ma nièce, a dit l'oncle Goubaud à Mme Lantier, pour l'installation de l'hôtel je vous donne carte blanche. Arrangez-vous comme vous l'entendrez, adressez-vous à qui vous plaira. Vous me ferez présenter les notes, je paierai tout ce qu'il faudra. Mais vous n'avez qu'un délai de quinze jours, sans plus, pour qu'il soit rendu habitable. Nous allons voir si vous saurez vous en tirer.... »

Mme Lantier n'a jamais été très active, ni, comme on dit, très débrouillarde. Il s'agit pourtant de ne pas déplaire à l'oncle pour commencer. Avec de l'argent tout

LE VIEILLARD FRONÇE SES GROS SOURCILS.

devient possible. Et grâce à une armée de fournisseurs, tapissiers, décorateurs, architectes, le délai passé, l'hôtel est, sinon complètement installé, du moins en état de recevoir son maître. Ainsi l'oncle Goubaud a pu se rendre compte que ses désirs étaient des ordres, et qu'aucune peine ne coûterait pour le satisfaire.

En un somptueux peignoir mauve, Mme Lantier paraît dans le hall. On l'attend pour faire choix des tapisseries dont entendu. En réalité elle serait bien en peine de donner son avis.

Mais comme le tapissier insiste, elle bat des cils, cligne des paupières, fait trois pas en arrière, incline la tête sur l'épaule gauche, puis sur la droite, et risque : « Peut-être, en effet — oui, cela manque de profondeur.... »

Dans le hall apparaît une silhouette étrange : une vaste houppelande de couleur jaunâtre, sur les épaules deux ou trois

La porte s'ouvre pour laisser passer l'automobile.

les murs doivent être tendus. Le patron tapissier s'empresse à sa vue, salue jusqu'à terre.

On « présente » la tapisserie — style consacré — c'est-à-dire que le patron, aidé de deux acolytes, place provisoirement la tenture à un endroit indiqué, afin qu'on se rende compte si c'est bien là qu'elle produira le meilleur effet.

Le tapissier interroge : « Madame pense-t-elle que cela fera bien sur ce panneau? peut-être n'offre-t-il pas assez de profondeur? Madame veut-elle que je « présente » sur le panneau d'à côté? L'éclairage sera peut-être plus approprié.... » « Madame » écarquille les yeux, lève les sourcils en accents circonflexes et, pour toute réponse, se contente de hocher la tête d'un air couvertures, une calotte enfoncée jusqu'à la nuque : c'est le maître de céans en tenue du matin, maussade et grelottant :

« Ah mon bon oncle, vous arrivez à propos! Nous sommes embarrassés pour placer la tapisserie, vous savez bien : « Une chasse à courre sous Louis XIV ». Monsieur vient de la « présenter ». Nous craignons qu'elle ne soit à faux jour. L'éclairage ne nous satisfait pas. Vous allez nous donner votre avis, vous avez tant de goût, vous êtes si connaisseur.... »

L'oncle hausse les épaules et grommelle :

« Moi? Vous savez bien que je n'y entends rien. Je suis un sauvage. En fait d'art, je n'en sais guère plus long que mes noirs. Tenez, — désignant le nègre planté tranquillement devant le tapissier — tenez, vous pourriez tout aussi bien demander conseil à Marc-Antoine. »

Le tapissier se permet de sourire et de protester, — avec discrétion. Est-il admissible en effet, qu'un homme qui possède des millions ait une infériorité quelconque, en particulier en matière d'art? Aussi cette affirmation de l'oncle ne doit-elle être considérée que comme une originalité de plus.

Ainsi le prend Mme Lantier, qui rit aux éclats :

« Ah, ah, ah! mon bon oncle, que vous êtes donc amusant! vous comparer à un nègre? véritablement c'est impayable. Vous avez tant d'esprit! Je le disais encore à Gaston : avec vous on ne s'ennuie pas un instant.... »

Le vieillard fronce ses gros sourcils. De maussade sa physionomie devient franchement mécontente. Mme Lantier fait fausse route en le flagornant. Mais la pauvre femme a trop peu d'esprit pour s'en apercevoir, et trop peu de dignité pour s'abstenir. Elle emploie, pour essayer de plaire, les moyens qui sont à sa portée, et son âme médiocre n'en connaît pas d'autres.

« Quand donc, ma nièce, vous corrigerez-vous de cette rage de compliments? Vous m'en donnez trop pour mon argent. Je vous ai pourtant dit combien cela m'est désagréable. »

Mme Lantier rougit sous son fard, et le tapissier, toujours au poste, dissimule un sourire qui cette fois n'est pas de complaisance.

L'oncle parcourt un instant le hall, voûté, le menton sur la poitrine, l'œil éteint, il tire une bouffée de sa pipe, va et vient comme un ours en cage, et finalement disparaît comme il est venu, sans un mot, sans un regard pour les personnes présentes — cependant que le maître tapissier, dans une pose d'attente, élégante et respectueuse, continue à « présenter » la tapisserie : « Une chasse à courre sous Louis XIV ».

Après le départ de l'oncle, Mme Lantier pousse un soupir de soulagement.... Malgré les tapisseries d'Aubusson, le luxe princier de l'hôtel, la vie n'est pas toujours rose avec lui; et les satisfactions du paraître, les jouissances de la vanité, ne compensent pas toujours les piqûres faites à l'amour-propre. Certes, il y a de beaux moments : — quand la porte de l'hôtel s'ouvre à deux battants pour laisser passer, devant les yeux admiratifs des badauds arrêtés, l'automobile fleurie d'orchidées ou de lilas blancs; — chez le faiseur à la mode, dans le salon d'essayage, lorsque Mme Lantier, entourée de l'essaim respectueusement bourdonnant des premières et des mannequins, choisit, combine, commande les modèles les plus élégants — ceux qui conviendraient à une femme de vingt ans et qu'elle ne trouve jamais assez jeunes pour elle; à l'Opéra, quand elle paraît, flanquée de Gaston en smoking, un œillet blanc à la boutonnière — subissant le feu des lorgnettes tournées vers sa loge de face. De telles heures ne seront jamais trop chèrement payées.... Et pourtant! qu'il en est d'autres, amères, pour compenser celles-là!

L'oncle Goubaud, il faut en convenir, n'est pas d'un commerce facile. On s'aperçoit un peu trop, à sa façon de traiter son monde, que toute sa vie il eut surtout affaire avec les nègres. Est-ce le fait de la nature, ou de son existence de luttes? Mais l'humanité ne lui inspire que mépris et suspicion. Et sans doute parce qu'il s'est fait tout seul, ayant conquis sa fortune par un effet de rare énergie, dur envers lui-même, il semble peu pitoyable et peu indulgent envers les autres.

X

Bonheur de riches.

A midi, un gong retentit. Il faut se trouver à table, sans une minute de retard. Mme Lantier y paraît, en correcte toilette de ville. Car un jour où elle s'est présentée en robe d'intérieur, l'oncle lui a jeté un tel coup d'œil qu'elle a failli rentrer sous terre. Pourtant M. Goubaud arrive d'un pays où Mme Lantier s'était laissé dire que les femmes ne quittaient pas leurs peignoirs! N'empêche qu'admonestée comme une petite fille devant les gens de service, elle ne s'est pas risquée à recommencer.

Quant à son fils, la fortune lui aura du moins valu d'apprendre l'exactitude. Une ou deux fois où il s'est permis d'arriver aux repas en retard, comme chez sa mère, M. Goubaud l'a envoyé dîner à l'office. Et malgré sa honte et sa colère, il a dû en passer par là.

Depuis lors il entre dans la salle à manger, avec une précision militaire, avant que n'ait retenti le dernier coup de gong. Et prenant place à table, son premier mouvement est de vaniteuse satisfaction pour le couvert dressé sur une nappe ornée de dentelles, les guirlandes de fleurs qui y courent en festons, l'argenterie et les cristaux étincelants, — le domestique correct et grave qui s'empresse derrière sa chaise — tout ce luxe trop neuf et trop clinquant, dont, plus raffiné, il sentirait ce qu'il y a d'improvisé et de parvenu, mais qui chatouille agréablement sa vanité. Un seul coup d'œil à ce tableau suffit pour lui rappeler sa fortune nouvelle. Gaston Lantier n'existe plus — le lycéen qui se faisait huer pour ses manies d'élégance, l'obscur fils de veuve qui enrageait de son appartement mesquin, de ses pardessus confectionnés. Et pour le nom, honorablement porté par un père qui fut un honnête homme et un brave soldat, il n'a plus que dédain. Il est Gaston Goubaud, l'héritier d'une fortune, qui arrive dans son auto à l'aristocratique collège où il est rentré triomphalement — car enfin il faut bien, à quinze ans, avoir l'air de faire quelque chose, — où l'ont accueilli les courbettes des professeurs, l'envie et la flagornerie des camarades, — Gaston Goubaud, un joli petit jeune homme vêtu à la dernière mode, cravaté, poudré, plastronné, cosmétiqué, parfumé, ayant réarboré le monocle, élégant, suffisant, prétentieux, et avec tout cela, frisant de bien près le ridicule.

A table, Gaston savoure d'avance les mets, savamment variés et élaborés, qui ont remplacé le pot au feu d'antan, ou pis encore, l'abusive charcuterie dont Mme Lantier, ménagère imprévoyante et négligente, faisait trop souvent le fonds de leurs repas improvisés.

L'oncle ne goûte même pas à ces plats. Il se fait servir une cuisine spéciale : riz à la créole, poivré et pimenté, farcis de toute espèce, bizarres pâtisseries enduites d'un sucre caramélisé qui coule en longs fils bruns et gluants — le tout élaboré par une vieille négresse qu'il a ramenée de là-bas, et dont il ne peut d'ailleurs se passer. Dans son assiette il combine les plus étranges mélanges, mangeant la salade avec du sucre, le fromage à la crème arrosé de vin, la confiture avec le rôti. Et tout le temps du repas, deux ouistitis, ses compagnons inséparables, l'un grimpé sur son épaule, l'autre blotti sur ses genoux, grignotent le pain, s'emparent des verres, et attrapent des morceaux jusque dans l'assiette de leur maître et de ses voisins — au grand dégoût de la pauvre Mme Lantier, qui a peine à le dissimuler.

Quand il est de méchante humeur, l'oncle Goubaud ne dit pas un mot, et reste taciturne et renfrogné sous l'avalanche de récits dont l'étourdit sa nièce sous prétexte de le distraire. Dans ses heures joviales, il manifeste ses bonnes dispositions par des taquineries et des sarcasmes à l'égard de son héritier. C'est sa manière avec tout le monde, et en particulier avec son fils d'adoption. Les airs pointus de Gaston, son hérissement quand on le plaisante, excitent la verve de l'oncle. Et aussi on sent percer dans leurs rapports l'antipathie que lui inspire ce garçon prétentieux et mou, si peu fait pour lui plaire et le continuer, le regret croissant que ce ne soit pas « l'autre » qui occupe la place de celui-ci. A tout propos il fait revenir le nom de Donald, et comme avec un malin plaisir, un désir sourd de faire sentir à Gaston que la comparaison n'est pas à son avantage.

Justement ce matin le tailleur de Gaston a respectueusement apporté « la petite note » de son client, laquelle petite note comprend quatre complets, sans préjudice d'un smoking, d'un costume de chasse, d'un pyjama, et de trois pardessus, six gilets, et un manteau d'automobile. L'oncle a payé sans sourciller, sans une observation. Mais lorsque Gaston a paru au déjeuner dans un des complets dernier chic de Londres : vastes carreaux brouillés de teinte moutarde, un col carcan emprisonnant sa nuque, cravaté de vert, un mouchoir de soie à son chiffre sortant de la pochette, M. Goubaud, sous ses paupières baissées, lui a jeté un coup d'œil oblique, et il lui a dit :

« A la bonne heure ! tu es encore mieux

qu'à l'ordinaire. Si Jim et Jak ont trop froid cet hiver, je leur donnerai l'adresse de ton tailleur. » Jim et Jack sont les deux macaques qu'il a ramenés des Iles, et dont il ne se sépare en aucune circonstance.

Gaston devient cramoisi. Il se tait. Mais intérieurement il enrage — sans d'ailleurs songer un instant à profiter de la leçon qui se cache sous ces rudes railleries.

Impitoyable, l'oncle poursuit :

Deux ouistitis sont ses compagnons inséparables.

« Que dit-on quand tu arrives ainsi vêtu à ton collège? On ne t'a pas encore porté en triomphe? De mon temps nous t'aurions fait une telle ovation que ta modestie n'y eût pas résisté. Tu ne l'aurais pas affrontée une seconde fois. »

Gaston, pointu :

« Les temps ont changé, apparemment, mon oncle. Mes camarades sont tous habillés ainsi, et c'est si j'étais autrement qu'on se moquerait de moi. »

Mme Lantier renchérit :

« Mais sans doute, mon bon oncle. Gaston n'est plus un lycéen. Ses camarades sont tous des fils de famille.... Il faut bien qu'il vous fasse honneur....

— J'aimerais mieux qu'il me fît honneur par son travail. Mais c'est donc que votre neveu Donald n'est pas un fils de famille? Je ne l'ai jamais vu habillé comme en carnaval.... »

Mère et fils se taisent, mortifiés ainsi qu'ils le sont toujours, lorsque M. Goubaud établit quelque désobligeante comparaison de ce genre. Imperturbable, le domestique fait passer les plats, sourd et muet comme le doit être tout valet bien stylé. Mais Gaston n'en a pas moins surpris un sourire mal dissimulé sur sa face rasée.

Au café, l'oncle s'installe dans une rocking-chair, et ordonne que l'on fasse venir Concordia. Concordia est cette vieille négresse indispensable à l'oncle. Naguère elle l'a sauvé d'une mauvaise fièvre, alors que les médecins en désespéraient. Depuis, quand il est malade, elle le soigne avec d'étranges remèdes de sorcière noire, des cataplasmes d'herbes bizarres, des boissons dont elle a le secret, sans préjudice d'incantations et d'amulettes. Et son vieux maître a plus confiance en elle que dans toute la Faculté.

Concordia est d'une laideur de masque. Elle semble bien plus appartenir à la famille de Jim et de Jack qu'à celle des humains. Sa face noire est si ridée et si plissée qu'on n'y voit plus une place de nette; et l'expression de la ruse reste tapie au fond de ses petits yeux simiesques, au coin de ses lèvres babouines.

Elle arrive, portant un bizarre instrument qui ressemble à une guitare, s'accroupit aux pieds du maître, et entame, d'une voix chevrotante, des chansons créoles qu'elle accompagne en grattant de ses longs doigts noirs sur son « banjo ».

Les paroles en sont incompréhensibles ou ineptes :

Zizi, t'en prie, Zizi.
Si toi pas veni, ça fait moi mouri....
Zizi, t'en prie, Zizi....

Il en est une, favorite de l'oncle, dont le refrain inintelligible semble dire à peu près :

Alphonse, paie loyer, Ah aaaaah!

Elle module et prolonge ce Aaaah! d'un ton de fausset, qui monte strident comme un cri d'appel, et vibre à n'en plus finir avec un son de verre fêlé....

L'oncle dodeline de la tête, charmé. Parfois il s'endort. La vieille pince toujours les cordes de son banjo. L'oncle ronfle. Nièce et neveu n'osent s'esquiver. Un jour où Gaston, en remuant, l'a réveillé, l'oncle est entré dans une colère terrible.... Énervés à crier, ils restent immobiles, muets, tandis que la négresse roule vers eux un regard de vieille guenon malicieuse, et chuchote :

« *Alphonse, paie loyer, Aaaaaah!*

XI

Bonheur de pauvres.

Chaque matin la femme de ménage, Séraphine, arrivait de bonne heure chez Mme Goubaud pour préparer le premier déjeuner. Elle le servait dans la salle à manger, sur une table couverte d'une nappe aux couleurs vives, disposant avec soin le pot à lait, les tasses, la corbeille à pain. Séraphine, en aucune circonstance, n'eût consentit à manquer au décorum. D'ailleurs Mme Goubaud et son fils étaient de ces âmes délicates incapables de s'accoutumer à la laideur et au désordre. Si humble fût leur situation, ils n'eussent point admis de vivre en un décor sordide. Et grâce à une propreté rigide, à quelques fleurs artistement disposées dans des vases de cuivre ou de grès, leur modeste logis offrait quelque chose d'intime, de soigné, et presque d'élégant, qui ne se rencontre pas dans bien des riches intérieurs. Ainsi l'aspect d'une demeure révèle l'âme de ceux qui l'habitent.

Tout en servant, Séraphine ne manquait point d'assaisonner le déjeuner des récits de ses « places » passées, et les circonstances présentes faisaient toujours surgir quelques souvenirs dans son implacable mémoire et lui suscitaient quelque rapprochement.

« Mangez donc, monsieur Donald, pendant que votre café est chaud, au lieu d'être toujours le nez sur vos livres. Ah bien! quand j'étais chez M. le Dr Verpillière, qu'est-ce qu'il aurait dit si son déjeuner avait été froid! Il fallait le lui servir bouillant. Une soupe à l'avoine, et par là-dessus un verre de thé, voilà tout ce qu'il prenait. Même qu'il avait voulu nous mettre à son régime. Mais il n'y a pas un domestique qui l'a supporté. Ce n'est pas comme M. le baron de Shelman! en voilà un qui se nourrissait!... Madame a bien entendu parler du baron de Shelman, celui qui faisait une collection de serrures : trois côtelettes tous les matins et quatre œufs à la coque. Ah dame! C'est qu'aussi il fallait se sustenter, pour courir toute la journée après ses serrures!... »

Le déjeuner achevé, mère et fils partaient ensemble. Mme Goubaud avait le temps d'accompagner Donald au lycée. On ne lui demandait pas d'être avant neuf heures chez son élève. Ils causaient en marchant, presque gaiement. Donald parlait de ses études, de ses projets d'avenir. Il narrait des histoires de classe. Une grande épreuve l'avait fait grave avant l'heure. Et aussi, par nature, il était de caractère concentré. Mais avec sa mère il devenait expansif. Et il y avait bien peu de ses pensées qu'il ne lui dît pas.

A l'entrée du lycée, ils se séparaient, pour ne se retrouver que le soir. Donald rentrait déjeuner seul. Avec un garçon moins sensé, cet arrangement n'eût peut-être pas été possible. Mais Mme Goubaud savait qu'elle pouvait compter sur sa raison, autant que sur son cœur. Et songeant à d'autres mères, restées seules, comme elle, pour élever leur fils et dont la tâche est si difficile, elle se trouvait heureuse, et privilégiée.

Mme Goubaud se dirigeait alors vers le

La grand'mère se fabriquait des tisanes impossibles.

Parc-Monceau, et arrivait à l'ordinaire pour trouver son élève, gambadant en chemise, jambes et bras découverts, parmi la débandade de ses vêtements en désordre, affolant la femme de chambre et refusant de s'habiller.

« Le rhume! tu l'attrapes, le rhume, petite malheureuse », criait la grand'mère, appelée à la rescousse, surgissant sur le champ de bataille. « Et quelle chambre en pagaie! sauvageonne! Iroquoise! C'est une tenue pour une demoiselle? » Et la vieille dame elle-même en un étrange costume du matin, un vieux mantelet, où pendaient encore des franges de jais, sur un jupon court en percale blanche, ne savait que lever les bras au ciel et le prendre à témoin, en s'exclamant : « Si c'est possible! une demoiselle! »

La petite riait aux éclats, se sauvait à l'autre bout de la chambre, et il ne fallait rien moins que l'arrivée de Mme Goubaud pour rétablir l'ordre.

Mme Goubaud faisait signe à la grand'-mère, qui étourdissait ou amusait l'enfant par ses criailleries, mais ne lui en imposait nullement. Et restée seule avec Yolande, tranquille, et sans hausser le ton :

« Yolande, habillez-vous, nous n'avons pas de temps à perdre. »

L'enfant la regardait de côté. Cette nouvelle institutrice lui plaisait beaucoup plus que les autres.... Tout de même elle l' « essayait », avec la malice ordinaire aux enfants, et aux enfants gâtés,

« Alors, aidez-moi, avait-elle répondu, passez-moi mes bas et mes souliers. »

Mme Goubaud s'était mise à rire.

« Vous n'êtes pas un bébé — ni, Dieu merci! un pauvre enfant infirme. Ce serait trop triste si vous ne pouviez vous habiller seule. »

La petite était restée surprise, décontenancée. En rechignant d'abord, puis honteuse, confusément, devant cette institutrice qui était une vraie dame, elle prenait ses vêtements, elle s'habillait. Et bientôt Mme Goubaud l'avait trouvée prête quand elle arrivait. Cette première petite victoire avait « posé » l'institutrice. On reconnaissait son autorité; et on lui savait gré d'avoir mis fin aux affolantes scènes d'habillage, qui bouleversaient la maison.

Mme Goubaud aimait les enfants. Son cœur maternel avait été pris par celle-ci, dont elle sentait l'abandon moral. Mais la tâche était difficile. C'était toute son éducation à refaire. La grand'-mère voulait qu'on apprît à sa petite-fille « les manières »…. Ah! certes! il en était besoin!

Et l'on se demandait qui, dans son entourage, eût pu les lui enseigner. Sans doute la fille disparue avait dû s'adapter à la fortune. Mais la grand'mère était restée la femme du peuple méridionale qu'elle était au temps de ses débuts avec le mari fumiste. Elle déjeunait d'un morceau de pain et d'un oignon cru. Dans sa chambre, laquée or et blanc, sur un réchaud à esprit-de-vin, elle se fabriquait des tisanes impossibles. Aux repas elle mangeait à peine, mais, l'après-midi, faisait « collation », et, sur les consoles Louis XVI, on apercevait un saucisson d'Arles ou du fromage de Roquefort. Elle avait des remèdes biscornus pour tous les maux. Si la « mignonne » était enrhumée, on lui mettait un bas autour du cou. Un marron d'Inde dans la poche constituait un spécifique infaillible contre les rhumatismes. Ses superstitions étaient sans nombre, et elle se tirait les cartes, interminablement. Elle narrait ses rêves, et les commentait à perte de vue, en donnant les explications les plus saugrenues. Elle avait eu un chat noir pour lui passer la main sur le dos, car chacun sait que cela porte bonheur. Mais ayant appris qu'il fallait, pour que le charme opérât, que la bête ne vous appartînt pas, elle en faisait don à une mercière voisine, et chaque matin sortait et entrait dans la boutique tout exprès pour le caresser.

Avec sa petite-fille, la pauvre dame se montrait non moins absurde. Tantôt elle la traitait de « barbare », de « tigresse » et lui promettait de lui « faire tourner la tête ci-devant derrière » — sa menace favorite — ou bien, deux minutes après, elle déclarait, attendrie :

« Va, mignonne, fais tes trente-six caprices. Ta maman est partie. Pourvu que tu me restes, je ne t'en demande pas plus. » Elle affirmait : « La santé avant tout. Je ne veux pas qu'on la contrarie », comme si l'obéissance eût été anti-hygiénique. Et elle disait à Mme Goubaud :

« Au moins n'allez pas lui casser la tête avec vos chiffres et vos écritures. La mignonne n'est pas pour faire une institutrice. Elle sera assez riche pour ne rien savoir. »

Mme Goubaud s'étonnait qu'élevée de la sorte, son élève fût encore possible. On lui avait inculqué des idées saugrenues, et une naïve persuasion qu'elle était une petite créature exceptionnelle. Son enfance n'avait connu ni règle ni direction. Malgré tout, Mme Goubaud constatait qu'elle avait le cœur bon et l'esprit droit. Bruyante et fruste, il y avait pourtant en elle une sorte de distinction innée, surprenante dans un tel milieu. La grand'mère disait que « la petite portait la toilette comme une princesse », et c'était vrai. Dans ses costumes, trop riches et vieillots, sous ses chapeaux empanachés qui ne parvenaient pas à la vulgariser, fine et svelte, avec ses cheveux d'un blond chaud, et ses noires prunelles, son teint à peine rosé, elle donnait l'impression d'une fille de Lord tombée parmi des bohémiens, une plante rare éclose, on ne sait comment, dans un milieu de vulgarité.

C'était cet instinct inné de dictinction qui l'avait rapprochée de sa nouvelle institutrice. Par l'élégance qui se dégageait de toute sa personne, malgré sa mise plus que simple, Mme Goubaud avait acquis du prestige aux yeux de son élève. L'enfant sentait confusément que cette jeune dame en noir était d'une autre race que son entourage. Pour quelques mots vulgaires prononcés par la petite fille, Mme Goubaud avait paru si sincèrement étonnée qu'Yolande avait rougi et n'avait plus recommencé, plus humiliée que par toutes les remontrances. Et puis, cette enfant, jusqu'alors abandonnée à soi-même, était d'intelligence vive et ouverte, et comme elle se

ELLE ENTAME DES CHANSONS CRÉOLES.

mourait d'ennui entre une vieille femme ignorante et bizarre, et des personnes subalternes, elle acceptait avec plaisir un travail que, pour la première fois, on avait su lui rendre attrayant.

Méthodique, Mme Goubaud avait organisé la journée de façon que rien n'y fût laissé au hasard ni au caprice, et qu'il y eût une tâche pour chaque heure. Le matin, c'était d'abord la gymnastique suédoise, remplaçant les gambades en chemise à travers l'appartement. Puis après une courte promenade, les leçons. Venait le déjeuner. Ensuite une sortie plus longue, toujours à pied, au Parc-Monceau ou aux Champs-Élysées — jusqu'à l'heure d'un goûter hygiénique, substitué aux « étranges collations » de la grand'mère. Et jusqu'au soir les devoirs à faire, la musique, la couture ou le dessin, suivant les jours, sans qu'il y eût place pour un instant d'ennui ni de lassitude.

Alors, sa tâche journalière accomplie, l'institutrice s'appartenait enfin. Mme Goubaud quittait Yolande sur sa promesse de se bien comporter à table, de se coucher sagement — promesse à laquelle on manquait parfois, mais, avec le temps, de moins en moins — et elle se hâtait vers le petit logis. Elle n'y entrait jamais sans une sensation de soulagement et de joie. Souvent Donald, entre deux devoirs, arrivait au-devant d'elle. D'autres soirs, elle le trouvait plongé dans un travail absorbant, les poings aux tempes, tête penchée sous l'abat-jour de la lampe. En silence elle contemplait le profil attentif de son fils, où se retrouvait celui du père, l'arcade sourcilière prononcée, et jusqu'à cette mèche de cheveux châtains, si pareille, qui tombait sur son front. Et elle remerciait le sort qui lui avait donné un fils si bien digne de continuer le père.

Mère et fils, à tour de rôle, narraient les événements de la journée. Mme Goubaud savait raconter. Elle avait un talent d'imitation dont naguère s'amusait son mari et qu'elle avait retrouvé pour distraire son fils. Elle imitait la vieille dame — ses manies superstitieuses — l'araignée qu'elle avait vue le matin et dont elle restait en peine jusqu'au soir : « Araignée du matin, chagrin » — son empressement à toucher du bois pour conjurer le mauvais sort. Et ses lectures de concierge, son goût pour les feuilletons du *Petit Journal*, et les commentaires et les récits interminables qu'elle en faisait.

« Ah ! chère dame, tout de même, c'était bien lui, ce brigand de marquis, qui avait séquestré sa nièce dans la cave — une charmante jeune fille — pour l'héritage, bien entendu. Et sans le petit ramoneur qui passait et qui a trouvé le mot de billet qu'elle avait mis en écrit avec son sang, on n'aurait jamais rien su, *pôvre* victime !... »

Donald riait de bon cœur. Il s'intéressait aussi à Yolande, aux progrès qu'elle faisait, dans « les manières » et dans le travail. Il plaignait la petite fille, élevée jusqu'alors de si bizarre façon. « Encore une, avec toute sa fortune, que je n'envie pas. Je ne voudrais pas changer mon sort pour le sien. »

Quel sacrifice pourrait coûter à la mère qui entend de telles paroles ? Dans les yeux de son fils, tendrement posés sur elle, ces yeux qui pouvaient être, quand il le voulait, si caressants et si pleins d'amour, elle lisait sa récompense. Elle sentait que nulle tâche, nulle peine, ne lui coûterait pour le conserver auprès d'elle. Et elle jouissait d'autant plus de cet intérieur, si modeste, mais si apaisant, des heures profondes qu'elle y vivait, après la contrainte de sa journée au dehors chez des étrangers.

Et ils étaient heureux, du bonheur de ceux qui ont touché de près une grande catastrophe, et qui savent que rien ne vaut, hormis vivre dans l'honneur, dans la paix et l'intimité du foyer.

XII

A l'hôtel Goubaud. — Maîtres et serviteurs.

Non, mon bon oncle, gémit Mme Lantier d'une voix larmoyante, je vous assure que cela ne peut se supporter. Ce sont des procédés qu'une femme élevée comme je l'ai été, une femme du monde, ne saurait tolérer. »

Le « bon oncle » est, selon l'ordinaire, enfoui dans son grand fauteuil, sa calotte sur les sourcils. Malgré la saison printanière, le soleil qui pénètre à travers les rideaux et vient égayer la vaste pièce aux sombres tentures, les bouches de calorifère sont grandes ouvertes. Dans l'hôtel, l'atmosphère est étouffante. Tout le personnel suffoque et ruisselle. Et l'oncle Goubaud n'a jamais assez chaud. Les genoux enveloppés dans une couverture pardessus sa robe de chambre fourrée, en guise de cache-nez, par une singulière manie, il porte une paire de vieux pantalons qui lui chevauchent les épaules, une jambe de chaque côté, dédaigneux de l'aspect qu'il présente en un tel équipage, si peu d'accord avec son rang social.... Mais l'oncle Goubaud ne sait-il pas qu'un millionnaire n'est jamais grotesque, et que ce qui passerait chez d'autres pour un fâcheux manque de tenue, chez lui doit être considéré comme une originale fantaisie?

Il fume son éternelle pipe, ses deux macaques, aussi frileux que lui, blottis dans son giron. Et d'un air narquois, il contemple sa nièce qui se tamponne les paupières. Mme Lantier pleure, de petites larmes prudemment espacées, pour ménager la savante organisation de son visage, et ne pas diluer sa poudre de riz.

Elle reprend :

« Enfin, mon bon oncle, suis-je ou non la maîtresse ici? Est-ce à moi que vous avez confié l'autorité? Dans ce cas, vous devez pourtant me faire respecter.

— Assurément, ma nièce, c'est vous la maîtresse de céans, répond l'oncle faussement bonhomme. Je vous ai donné pleins pouvoirs, c'est une chose entendue.

— Ah! mon cher oncle, vous êtes si bon. Je savais bien que je pouvais compter sur vous! Un homme d'un si grand cœur, d'un si grand caractère....

— Quant à vous faire respecter, poursuit l'oncle sans prendre garde à ces dithyrambes, c'est une autre affaire. Vous n'êtes plus une petite fille, pas même une jeune femme.... »

Pour cette allusion discourtoise à son âge, Mme Lantier égratignerait volontiers le cher oncle. Mais elle sait qu'il faut la supporter de bonne grâce. Et prenant le parti de pleurnicher encore :

« Comment me faire respecter de nos gens avec cette Concordia qui se moque de moi à mon nez, qui ne tient compte d'aucune observation, qui n'a pas la plus élémentaire déférence? Et son fils, Marc-Antoine... un beau nom, par parenthèse, pour un méchant noir.

— Son père s'appelait Cicéron, observe l'oncle flegmatique, ce sont des noms de nègres.

— Qu'il s'appelle comme on voudra, rétorque Mme Lantier, pincée, cela m'est égal. Mais sa conduite est inqualifiable. Vous l'avez attaché spécialement au service de Gaston....

— Mon héritier voulait un valet de chambre. Je lui ai cédé Marc-Antoine qui était le mien.

— Mais, mon bon oncle, c'est tout naturel que Gaston ait besoin d'un domestique pour son service personnel. Quand on est destiné à occuper un rang.... Il y a ses vêtements à brosser, ses commissions à faire, que sais-je? Vous comprenez, mon bon oncle, vis-à-vis de ses camarades, Gaston ne peut pas déroger.

— De quoi vous plaignez-vous, ma nièce? Ne lui en ai-je pas octroyé un sans la moindre objection?

— En vérité, mon oncle, je croirais presque que vous vous moquez de nous, un valet de chambre qui ne sait quel mauvais tour lui jouer! Il se vaporise avec son eau de Chypre et son ylang-ylang.

— Les nègres sont comme Gaston. Ils aiment beaucoup les parfums. Avant d'être attaché à la personne de votre fils, Marc-Antoine, faute de mieux, se parfumait avec l'essence à détacher les vêtements. »

Mme Lantier s'efforce de rire :

« Ah! mon oncle, que vous êtes amusant! Avec vous on ne s'ennuie pas une minute! Mais vous admettez aussi que votre Marc-Antoine se serve de l'eau dentifrice de Gaston, de son onglier, qu'il essaie ses cravates et les lui vole au besoin? »

Elle ajoute, de plus en plus pointue :

« Et peut-être aussi trouvez-vous tout naturel qu'il fume ses cigares et ses cigarettes?

— Presque aussi naturel que de les voir fumer à Gaston lui-même. De mon temps, les garçons de cet âge avaient d'autres occupations. »

Mme Lantier va répliquer. Mais on a gratté à la porte, une main noire l'entr'ouvre, et dans l'entrebâillement de la porte apparaît la face diabolique, grimaçante et sournoise de la vieille Concordia.

« Moi venir voir si missié avoir besoin de moi. Moi jouer un peu banjo à missié pour faire bien à lui.

— Parlons-en de son banjo! éclate Mme Lantier furieuse, pour qui cette apparition est la goutte d'eau dont déborde le vase trop rempli. A mon jour de réception, quand le salon est plein de visites, elle ne cesse d'en jouer et de chanter, on n'entend plus que cela.... »

L'oncle a relevé sa tête affaissée sur sa poitrine. Un demi-sourire apparaît sur sa physionomie chagrine qu'embrume un perpétuel ennui.

« Allons, Concordia, dit-il, épargne ta musique à Mme Lantier, puisqu'elle ne l'aime pas, et contente-toi d'en jouer dans les appartements de ton maître. Et puis, n'abuse pas trop de mon indulgence. Qu'est-ce encore que ces plaintes au sujet de ton fils? Un polisson, ton Marc-Antoine?»

La négresse prend un air contrit. Mais ses yeux sont luisants de malice.

« Ah! missié, si l'on peut dire! Li bien gentil, missié, li pas faire mal à une puce, pauvre Marc-Antoine! Mme Lantier et missié Gaston pas aimer lui. Mais lui aimer beaucoup madame, beaucoup missié Gaston....

— Votre Marc-Antoine, qui vole les objets de toilette de mon fils, ses faux-cols et ses cravates, qui laisse tomber ses livres dans le ruisseau lorsqu'il l'accompagne au collège! dit Mme Lantier vaguement consciente qu'on se moque d'elle et de sa progéniture.

— Ah! madame Lantier, vous pas comprendre, dit la vieille femme d'un ton pénétré. C'est parce qui li aimer missié Gaston qu'il aime aussi affaires à li. Li content porter cravate à missié Gaston. Et pour les livres, si trop lourds pour missié Gaston, encore bien plus lourds pour pauvre petit nègre.

— Concordia, dit l'oncle, sonne la femme de chambre. Nous allons faire venir ton chenapan de fils. Il va recevoir la semonce qu'il mérite. »

La femme de chambre, survenue à l'appel, revient après un instant et annonce :

« Je dois dire à monsieur que nous avons cherché Marc-Antoine.... Le cuisinier, le valet de pied, tout le monde s'y est mis.

— Eh bien! pourquoi n'arrive-t-il pas? Que fait-il, où est-il, ce vaurien? »

La femme de chambre répond respectueusement :

« Pour l'instant, monsieur, il est sur le dessus de l'armoire à glace, dans la chambre de M. Gaston.... Oui, il avait si peur d'être grondé par monsieur quand il a su que monsieur le faisait demander, qu'il a grimpé là-haut, et qu'il n'y a plus moyen de l'en faire descendre. »

Concordia se livre à une foule de grimaces pour exprimer sa désolation. La femme de chambre rit sous cape. M. Goubaud garde son sérieux, parce qu'il ne veut point, malgré tout, avoir l'air d'approuver toutes les frasques du nègre, et qu'il a trop le sens de l'autorité pour ne pas soutenir sa nièce devant les gens de service. Et sévère, il s'adresse à la vieille négresse :

« Concordia, va chercher ton fils, et engage-le à se mieux comporter à l'avenir. Rappelez-vous tous deux qu'il ne faut pas abuser de ma bonté.... »

Et quand elle s'est éclipsée, Mme Lantier s'adressant à son oncle, d'un ton de dignité pincée :

« Je suis heureuse, mon oncle, que vous ayez bien voulu me prêter votre appui. Car je voulais vous en prévenir, si Concordia devait toujours trouver grâce à vos yeux et posséder votre confiance plus que votre nièce, eh bien! mon oncle, je me verrais dans l'obligation de me retirer. »

L'oncle fronce les sourcils. Il regarde sa nièce, un regard perçant, habitué à jauger les hommes :

« Madame Lantier, dit-il avec lenteur, cette vieille négresse, sachez-le, est la seule créature qui ait témoigné à l'oncle Goubaud une affection désintéressée. Si vous m'êtes, comme vous le dites, si attachée et dévouée, la pensée qu'elle m'a sauvé la vie doit vous bien disposer à son égard. Pour moi, je ne l'oublierai jamais. Et que parlez-vous de vous en aller? Vous auriez trop de chagrin à me quitter. Et puis, oubliez-vous tout ce que vous avez à faire ici? Au moins six robes à essayer, toutes vos toilettes à renouveler, — c'est vous qui me l'avez dit, — votre soirée d'abonnement à l'Opéra. N'avez-vous pas parlé d'une garden-party que vous voulez bientôt organiser dans le jardin de l'hôtel? Et cette villa sur le lac Léman dont il est question pour passer l'été? Je croyais que je devais signer l'acte d'achat. Allons, ma nièce, croyez-moi, l'instant est mal choisi pour parler de vous retirer.

— Ah! mon bon oncle, proteste Mme Lantier qui comprend sa bévue et qui s'est ressaisie, vous sentez bien quelle peine

Marc-Antoine laisse tomber les livres dans le ruisseau.

j'aurais à me séparer de vous. Je dis cela, mais je n'en aurais jamais la force. Je me suis si bien accoutumée à vivre de votre vie. »

L'oncle ricane :

« Je n'en doute pas un instant, ma nièce. L'habitude est chose si puissante! Aussi, croyez-moi, supportez ma vieille Concordia, son Marc-Antoine et son banjo. Ce sont les petits inconvénients de la situation. Dans laquelle n'y en a-t-il pas? »

Mme Lantier tamponne sa bouche, ses tempes, et se compose une physionomie d'enfant mi-boudeur, mi-contrit.

« Mon bon oncle, avec vous, il n'y a pas moyen de rester fâchée. »

La porte s'est ouverte, Gaston fait son entrée :

« Vous désirez me parler, mon oncle? »

En présence de M. Goubaud, Gaston n'en mène jamais large. Il redoute ses railleries, ses coups de boutoir. Et il se tient en face de lui, assez embarrassé de son élégante personne.

M. Goubaud l'examine des pieds à la tête, curieusement :

« Ma parole, chaque fois que je te vois, je t'admire davantage. Ces souliers vernis aveuglants, ce complet a rayures mauves, — car elles sont mauves, il me semble, — cette cravate, tu es superbe.... Seulement il n'apparaît pas que les études soient à la hauteur. C'est de cela que je voulais pourtant te dire un mot. Je me suis informé de ton travail, par acquit de conscience, et ayant prié ton directeur de me faire savoir où tu en étais, voici ce qu'il m'a écrit et dont je tenais à te faire lecture. »

M. Goubaud lit à haute voix :

« Monsieur, vous m'avez fait l'honneur de me demander si votre fils adoptif, M. Gaston Goubaud, que nous sommes heureux et flattés de compter parmi nos élèves, serait en état de se présenter à la fin de l'année scolaire aux examens du baccalauréat. Je me suis empressé d'interroger à ce sujet ses professeurs. Tous ont été unanimes à constater l'intelligence supérieure, les facultés véritablement exceptionnelles de ce jeune homme. Toutefois, en ce qui concerne le baccalauréat, cet examen exige quelques connaissances précises, un travail ingrat auquel un esprit aussi vaste et aussi supérieur que le sien aura de la peine à s'astreindre. En outre, sa nature délicate et impressionnable le rend peu apte à réussir dans de telles épreuves, et il serait sans doute préférable de renoncer tout à fait à les lui imposer. »

L'oncle observe :

« Quel joli style a ce directeur! Une façon de dire les choses élégante!.... Maintenant, pour être renseigné un peu plus exactement, j'ai demandé les places en composition. On m'a répondu qu'il n'y a pas de composition : l'émulation est, paraît-il, un système dégradant, qui porte atteinte à la dignité des élèves. Alors je me suis rabattu sur un devoir, car enfin on en fait tout de même quelquefois dans cette école nouveau style. Et j'ai été fixé : version latine, quarante-huit fautes; mathématiques, cote 0; devoir français, tu as remis une page blanche. Dans ces conditions, et malgré tes facultés remarquables, il est évident que ton succès au baccalauréat semble douteux. »

Piqué au vif de son amour-propre, Gaston, malgré la frayeur que lui inspire son oncle, répond avec vivacité :

« Je ne vois pas, mon oncle, en quoi le baccalauréat est indispensable, et ce que j'en ferai plus tard. Vous-même, je ne crois pas que vous ayez été bachelier, et vous ne vous en êtes pas plus mal trouvé. »

La figure de l'oncle se transforme et de narquoise devient furieuse :

« Et le sais-tu, clampin, pourquoi je n'ai pas été bachelier? A quatorze ans, j'étais mousse sur un voilier où je recevais des coups de corde en guise de leçons. A dix-sept, je déchargeais les navires sur le port de New-Haven. Après j'ai fabriqué des boîtes de conserves : treize heures de travail, dix-huit sous de salaire. Et après... après... tu ne t'es jamais demandé comment il l'avait gagnée, sa fortune, ce pauvre diable de Goubaud, cette fortune qui te permet aujourd'hui de parader au Bois sur un cheval anglais, de te prélasser dans une limousine, de faire quarante-huit fautes dans une version.... Quand on a mené la vie de ce moussaillon qui s'appelait Goubaud, on peut se passer de baccalauréat.... »

Mme Lantier intervient, effrayée :

« Je vous en prie, mon bon oncle. Personne n'a plus d'admiration pour vous que Gaston. Vous n'avez pas saisi sa pensée. Précisément, il vous citait en exemple, pour montrer combien les natures supérieures.... »

L'oncle hausse les épaules. Il a retrouvé son sang-froid :

« C'est bon, dit-il, laissez-moi dormir. L'heure de me coucher est passée. Jack et Jim bâillent à se décrocher la mâchoire. Ils sont comme leur maître : quand ils ont sommeil, ils deviennent inabordables. »

En silence, Mme Lantier entre dans sa chambre, et Gaston l'y suit.

« Quel caractère insupportable! dit Gaston, les dents serrées, la voix sifflante. Il n'a pas besoin de rappeler son passé, on s'en aperçoit assez à ses façons.

— Plus bas! dit Mme Lantier. Si cette misérable Concordia, qui nous déteste, ou son Marc-Antoine, toujours aux aguets, t'entendait! »

Elle reprend :

« Tout de même, Gaston, tu devrais le ménager davantage, essayer de lui plaire, flatter ses manies....

— S'il faut, pour cela moisir comme un cuistre sur des versions et des théorèmes, merci bien! Autant vaut recommencer notre ancienne existence. »

Par la porte du cabinet de toilette entr'ouverte, — une merveille, ce cabinet de toilette, un chef-d'œuvre du grand tapissier anglais, — il a vu, sur la chaise-longue, étalée, une robe du soir, — un manteau, tous les préparatifs d'une toilette de gala.

« A propos, je t'accompagne à l'Opéra. et j'amène deux amis, — il se rengorge, — le fils du marquis de Valicourt, celui du baron Netlinger. Ils savent que nous avons une loge de face. Je leur ai promis de les inviter. Heureusement, le vieil oncle ne vient jamais.

— Pour cela, il n'est pas gênant, observe Mme Lantier, toujours couché à dix heures. Nous pouvons disposer de toutes nos soirées. »

Gaston rétorque :

« C'est bien le moins. Ah! s'il n'y avait pas cela pour compenser le reste! »

XIII

A Montreux.

Sur le lac du Léman, le bateau à vapeur glisse doucement. Les passagers regardent défiler le paysage enchanteur : Ouchy, Vevey, Clarens, parterres fleuris, étagés sur les rives, qui avancent et s'épanouissent jusque dans les eaux bleues. Les jardins d'Ouchy, assemblage de couleurs et de parfums comme nulle part on n'en trouve de plus beau, corbeilles de géraniums éclatants, jacinthes aux tendres nuances parcourant toutes les gammes du rose au mauve; Vevey, toute blanche et toute claire, avec ses berceaux de clématites, ses colonnades et ses terrasses, son aspect de ville italienne; Clarens, enlacée de pampres, où flotte le souvenir d'une immortelle idylle, et plus loin, à l'horizon, le cadre des montagnes dressant leurs pics blancs de neige au-dessus des pentes de verdure, dans une atmosphère limpide, qui en fait ressortir les moindres détails....

Le vapeur file en laissant un sillon sur le lac. Les mouettes lui font cortège, attirées par les miettes de gâteaux qu'on leur jette. Elles fendent l'air, d'un coup d'aile harmonieux et fort.... Montreux.... Le bateau s'est arrêté. Les passagers descendent sur le débarcadère encombré d'une foule élégante. Car Montreux est la station mondaine du Léman, le lieu de réunion cosmopolite où se retrouve le beau monde oisif qui peuple de son ennui, en hiver, Nice et l'Égypte, en été, les lacs d'Italie et de Suisse.

« Pardon, monsieur », dit un jeune homme qui, distrait, vient par mégarde d'en heurter un autre. Tous deux échangent un salut, puis une exclamation simultanée.

« Donald!

— Gaston!

— Si je m'attendais à te rencontrer! dit Gaston Goubaud à son cousin Donald qui descend du bateau. Et que, diable es-tu venu faire ici?

— Mais... probablement la même chose que toi, répond Donald en riant, y passer les vacances, me reposer et admirer le paysage. C'est merveilleux. »

Gaston fait la grimace. L'admiration de la nature n'est point dans ses cordes.

« C'est merveilleux... la première fois. Et encore! Mais tu sais, voici le quatrième été que nous y passons. Et pas même le plaisir de l'hôtel! à la villa Goubaud, sur le lac — *alias* la villa des Mouettes, — on en a vite assez. Ce qu'on se « rase »!

— Vraiment? » dit Donald resté distrait, sans se donner la peine de rétorquer, les yeux fixés sur les montagnes qui se dressent devant lui, baignées dans une lumière d'or et d'argent.

En quatre années, Donald s'est développé, extraordinairement. Dans son visage viril, qui fut toujours plus sérieux que son âge, ses yeux gris ont pris un regard profond. Son teint resté mat indique pourtant la santé. Le pli d'attention qui, tout enfant, se creusait entre ses sourcils, s'est accentué. Une ombre châtaine estompe sa bouche ferme un peu dédaigneuse, mais qui sait si bien sourire sur ses dents éclatantes de blancheur. Grand et mince, il est vêtu simplement, mais avec correction. Il est beau, de cette beauté mâle et sympathique que toutes les mères choisiraient pour leurs fils.

Gaston est resté plus petit que son cousin. Il est aussi plus fluet, et il peut passer pour « plus joli garçon », avec ses larges yeux marrons, ses cheveux qui ondulent légèrement, toujours partagés par une raie impeccable au milieu du front, son teint de demoiselle, sa bouche aux lèvres fines. Mais la joliesse de ses traits ne vaudra jamais le charme de franchise et de fermeté qui émane de son cousin, et il y a en lui, dans son attitude incertaine, dans son regard oblique, quelque chose de fuyant et de mou qui n'inspire pas la sympathie.

Il est vêtu de blanc des pieds à la tête, un costume dit de tennis, impeccable, éblouissant. Une touffe de pois de senteur, la fleur en vogue à Montreux, orne sa boutonnière, et de toute sa personne s'exhale un parfum aristocratique de tabac anglais et de *new moon hay*.

« Mais enfin, explique-moi comment vous vous trouvez ici? C'est une station mondaine... » et son intonation signifie : « Vous n y êtes guère à votre place. »

Donald sourit de nouveau.

« Complète ta pensée, ne te gêne pas; je t'en prie. Et moi j'ajouterai que si nous avions été libres, nous eussions préféré un endroit en Suisse moins encombré. Mais nous ne sommes pas seuls ici. Ma mère accompagne son élève, et la grand'mère de la jeune fille n'a jamais voulu aller plus loin. La vraie montagne l'effraie. Quant à moi, j'ai suivi ma mère, et bien heureux d'être auprès d'elle, après mes vacances, trois années de suite, passées en Allemagne.

— Je m'explique maintenant », dit Gaston.

Il n'était qu'à demi satisfait. Sa parenté avec une « institutrice » le flattait médiocrement, et il trouvait que Mme Goubaud manquait vraiment de tact en venant l'étaler à l'endroit où il trônait. Mais il ne dit rien de plus, car il savait que, sur certains sujets, Donald montrait peu d'endurance, et Gaston n'était pas d'un courage héroïque. *In petto*, il se promettait d'éviter cette famille compromettante.

Les deux cousins avaient quitté le débarcadère. Devant eux s'étendait en ruban la rue principale de Montreux, avec ses magasins élégants : modistes, bijoutiers, glaciers et pâtissiers, faisant face au lac. Une foule bigarrée y affluait, étrangers dont on reconnaît la race, sans qu'il soit besoin de les entendre parler, presque infailliblement, à quelque trait caractéristique, quelque détail de mise ou de tournure. Des enfants vendaient des bouquets d'edelweiss ou de bleuets, et de cette fleur mauve des montagnes qui ressemble à s'y tromper à la violette, mais n'a pas son suave parfum. Ils offraient leurs fleurs, sans insistance, et décemment vêtus, débarbouillés de frais, les uns, ayant juché sur leur crâne rond, l'extraordinaire assiette de paille, minuscule, surmontée d'une pointe de casque, qui est la coiffure de l'Oberland, d'autres la calotte vaudoise brodée de ganse, ils étaient propres, tranquilles et avenants, sans rien de la crasse, des guenilles et de l'importunité de leurs pareils dans les autres pays.

Le bateau à vapeur glisse doucement.

Gaston les écartait, du bout de sa canne, avec des airs de grand seigneur :

« Tu vas? » demandait-il à Donald.

Plus que jamais il affectait de parler du

TOUS DEUX ÉCHANGENT UN SALUT.

bout des lèvres, par monosyllabes, comme excédé.

« Je rentre à l'hôtel, dit Donald. Nous sommes arrivés hier. Mais j'avais rendez-vous cette après-midi avec un camarade de passage à Lausanne. J'en ai profité pour visiter la ville, ce que nous n'avions pu faire. Elle est intéressante. Maintenant, je vais retrouver ma mère au Palace.

— Diable! dit Gaston, vous vous mettez bien. »

Le Palace-Hôtel, parmi les caravansérails qui se dressent en amphithéâtre au-dessus du lac, est le plus luxueux.

« Oh! nous n'y logeons pas, Dieu merci. Mme Cabassou le voulait d'abord. Ma mère a résisté. Elle a obtenu de rester avec moi, bourgeoisement, modestement, dans une pension de famille, tenue par une Allemande, une brave *fraülein*. Mais ce soir, ces dames nous ont invités.

— Tu y vas dans ce costume? demanda Gaston toisant son cousin.

— Dans ce costume, oui, dit Donald. Tu ne veux pas que je me déguise? Si encore j'étais déjà à Polytechnique, je pourrais mettre mon uniforme.

— Au fait, c'est vrai. Cet examen, reçu, alors? Quel rang?

— Second, dit Donald aussi laconique.

— Ah bien! pour en arriver là, quelle vie de brute tu as dû mener! C'est à donner le frisson!

— De brute, en effet, dit Donald en riant, — son cousin l'amusait vraiment. — Les derniers temps, ma mère me trouvait le matin endormi sur ma table de travail. J'avais oublié de me coucher. Et parfois, je ne savais plus faire une addition.

— Alors, tu entres dans le civil?

— Ce n'est pas sûr, dit Donald redevenu sérieux. Il se peut que je choisisse quand même la carrière militaire en mémoire de mon père. »

Gaston secouait les épaules, par un geste qui lui était familier :

« Du sentiment!... Quand on n'a pas le sou, se faire officier!

— Il faut bien, dit Donald avec vivacité, puisque ceux qui ont de l'argent n'en sont pas capables. »

Gaston rougit et se tut. Il y eut un silence. Puis ce fut Donald qui demanda :

« Et ma tante, mon oncle, tu ne m'en dis rien. Êtes-vous satisfait de votre séjour? »

Le front lisse du beau Gaston se plissa sous ses bandeaux brillantinés.

« Parlons-en, de l'oncle! Avec les années, il devient inabordable. Il n'a jamais été commode. Maintenant ce sont des colères terribles à tout propos, ou plutôt à propos de rien. Ici, il ne sort pas de la villa, toute la journée dans un rocking-chair au fond du jardin, à mâchonner sa mauvaise humeur. A l'en croire, j'aurais dû me « faire une situation ». Il m'en veut parce que je ne suis pas médecin, architecte, bureaucrate, n'importe quoi. Avec *ma fortune*, c'est de la manie. Sais-tu qu'il s'était mis en tête de m'envoyer à la Martinique, surveiller ses plantations?

— Ce ne serait pas si ennuyeux, observe Donald. Voir du pays, développer son initiative, à ta place je serais parti.

— Grand merci! il ne manquerait plus que cela. Aller croupir dans un pays de nègres!

— Et ici, que fais-tu? dit Donald, sans intention ironique, simplement parce qu'il préfère changer de sujet. Tu excursionnes, naturellement?

— La montagne, les excursions, rasant, mon cher, rasant.

— Je ne suis pas de cet avis. Il y en a dans les environs d'assez faciles, auxquelles je compte bien entraîner ma mère. La Dent du Midi, le Salèze; et pour peu qu'elle ait quelques jours de liberté, je l'emmène à Zermatt. »

Gaston ricane :

« Ces ascensionnistes, quels idiots! Des individus qui se font attacher par une corde et risquent leur peau, pourquoi? on se le demande. Et qu'est-ce qu'on voit là-haut? De l'herbe, des pierres, des nuages, comme partout. »

Donald n'insiste pas. Ce serait oiseux. Ils sont arrivés devant le Palace. Gaston reprend :

« Encore heureux qu'il y ait les soirées au Palace! Feu d'artifice, cotillon, bataille de fleurs, au moins cela « tue » le temps.

— Je sais, dit Donald, hélas! l'élève de ma mère nous a fait promettre d'y venir. »

Gaston esquisse une grimace. La perspective de se retrouver « en famille », dans un tel endroit, lui sourit de moins en moins. Sans compter les Cabassou, des personnes très vulgaires assurément! Une petite-fille de fumiste, la grand'mère, une vieille méridionale baroque, joli milieu! Il avait presque envie de ne plus paraître au Palace. Mais il s'ennuyait tellement! Et cet imbécile de Donald, il fallait l'espérer, n'allait pas crier leur cousinage sur les toits.

« Cet imbécile de Donald! » Tout de même Gaston avait ressenti un pincement au cœur, à l'entendre annoncer son admission à l'École, presque le premier, oh! un rien, une impression aussitôt dissipée. Ce fils d'une pauvre veuve, réduite à débiter des leçons de participe et de maintien, ce boursier instruit aux frais de l'État, il serait officier, ou bien ingénieur, homme en vue, il deviendrait quelqu'un....

Gaston secoua ces pensées importunes.

« Bah! se dit-il, niaiseries, fumées que cela! Après tout, il n'y a que l'argent. »

Et sur cette belle pensée, il prit congé de son cousin, car l'heure du dîner approchait, et l'on sait que Gaston devait à la fortune d'avoir appris l'exactitude.

XIV

Yolande.

Dans le jardin du Palace, devant le lac, on tirait un feu d'artifice. Les fusées s'élançaient, gerbes lumineuses, pour retomber en pluies d'étincelles sur les eaux miroitantes. Une odeur de rose embaumait la nuit, cette odeur qui flotte sur Montreux et Clarens et les fait pareilles à un gigantesque bouquet. Et pour la pièce finale, ce fut une dernière fusée, fulgurante comme une comète, fendant l'horizon d'un trait de feu, et retombant de tous côtés, comme si le ciel eût fait pleuvoir toutes ses étoiles.

« Bravo! » criait-on dans le jardin et sur la terrasse.

Les spectateurs rentraient dans la salle des fêtes, où retentissaient les sons d'un orchestre, — l'inévitable orchestre tzigane de toutes les villes d'eaux, casinos et hôtels qui se respectent. C'était l'ordinaire public cosmopolite, ces errants de la vie, sans foyer, presque sans patrie, qui promènent leur désœuvrement, ou leur isolement, d'une rive à l'autre. Les Américaines dominaient, jolies et élégantes, mais avec quelque chose d'excessif dans la mise, dans la coiffure, un rire bruyant, un parler trop haut. Des dames du cru, Vaudoises ou Genevoises, se reconnaissaient à leur taille roide, leur air guindé, leur toilette sans grâce. L'ensemble de la réunion donnait une impression bien différente de la vraie « société ». Tout y était fait d'éléments différents et disparates, que le hasard avait rassemblés.

Gaston Goubaud, en smoking, ayant remplacé à sa boutonnière les pois de senteur par un gardénia, fleur considérée comme plus « habillée », faisait son entrée, accompagnant sa mère. Aussitôt Mme Lantier attirait les regards par son élégance. Mais quel pauvre visage fané, tiré, sous la poudre, le rouge, le kohl, tout le maquillage auquel elle avait désespérément recours pour prolonger la jeunesse, et qui faisait dire à son fils, irrespectueux : « La figure de maman est devenue une carte de géographie ».

Ayant aperçu son cousin, Gaston lui avait fait de la main un geste protecteur. Très tranquille, Donald répondait par un signe de tête et un demi-sourire. Et Gaston constatait que ce fort en math, ce piocheur, n'en avait pas moins bonne tournure dans un habit de soirée irréprochable. Du moins on pourrait l'aborder sans se compromettre.

« Tu danses le cotillon? lui demanda-t-il.

— Cela t'étonne? dit Donald. Je ne suis pas un fameux valseur, c'est vrai. Mais Mlle Yolande, l'élève de ma mère, veut bien s'en contenter, et je le danserai avec elle. »

« Ma chère! si je m'attendais à vous retrouver à Montreux! » disait Mme Lantier à sa belle-sœur. La mère de Donald, auprès de lui, semblait plutôt une sœur aînée, dans sa simple robe aux plis souples, avec ses beaux cheveux blonds relevés sur son front, et tressés en couronne autour de sa tête fine, son visage aux lignes restées pures et fermes et ses yeux lumineux.

« Mais je vous l'avais pourtant écrit

avant notre départ, dit Mme Goubaud. Vous l'aurez oublié. »

Mme Lantier n'écoutait pas. Elle la regardait avec envie.

« Je vous admire! comment faites-vous pour être si jeune? C'est prodigieux. Et pas un soupçon de fard!

— Le fait est, dit Mme Goubaud, que ce ne serait guère en situation, pour chaperonner mon élève!

— Moi j'ai tout essayé, les massages, les injections sous la peau, la vapeur, vous devez avoir un secret, — elle soupira. — Et puis, ma chère, vous menez une vie tranquille, une vie réglée. Si vous saviez ce qu'est la mienne! les sorties, les tracas de domestiques, un train de maison, l'esclavage d'une fortune! jamais un instant de répit. »

Gaston avait pris le bras de son cousin qui décidément marquait assez bien pour qu'il lui fît cet honneur, et lui désignant les jeunes filles qui causaient et riaient par groupes :

« Rasantes, mon cher, rasantes. Toutes me harcèlent, à la rescousse du beau parti. Les Américaines surtout, ce sont des oiseaux de proie. Tu comprends, l'héritier d'une fortune, le possesseur de la Villa des Mouettes, je serais de bonne prise. Mais elles perdent leur temps. Je ne suis pas de ceux qui se laissent harponner. »

Il se rengorgeait, à dix-neuf ans, tenant le langage d'un homme de trente, se donnant des airs sceptiques et déjà blasés.

« Tiens, dit Gaston, rajustant son monocle, sous prétexte de mieux voir, près de l'orchestre, cette petite fille n'est pas mal, — il la désignait presque du doigt, — en rose, une belle chevelure, des yeux noirs sous des cheveux blonds, cela donne « un genre ». Et puis, bien habillée, une robe de chez Doucet au moins.

Gaston Goubaud faisait son entrée accompagnant sa mère.

— Modère tes gestes, dit Donald, non sans vivacité. D'abord ce n'est pas une petite fille.

— Quelle fraîcheur, dans tout ce rose! C'est la première fois que je la rencontre. Je me ferais volontiers présenter. Mais voilà, — avec une lassitude comique, — ce sera toujours la course à l'héritier. Je vais être assassiné d'œillades, d'amabilités. C'est excédant.

— Ce n'est pas sûr, dit Donald. Précisément elle aussi est une héritière.

— Tu la connais? » D'étonnement Gaston laisse choir son monocle, ce monocle qui depuis le jeune âge a joué un rôle si important dans son existence.

« C'est même avec elle que je vais danser le cotillon.

— L'élève de ta mère, Mlle Yolande?

— Mlle Yolande Morisset, parfaitement. »

Partagé entre le désir de se faire voir avec la plus jolie personne, et la mieux habillée, et l'ennui de faire sa connaissance en qualité de neveu de l'institutrice, Gaston reste perplexe.

« Je croyais cette famille très vulgaire. Et puis je n'aurais pas reconnu la petite. Je l'avais rencontrée quelquefois au Bois, avec ta mère.... »

Donald interrompt avec impatience :

« Cette « petite » est une jeune fille, je te l'ai déjà dit. Et de plus, ma mère ne l'a pas élevée à supporter les familiarités, je t'en préviens. »

Gaston empoche la leçon sans réplique. La jeune fille, ayant aperçu Donald, s'est approchée, un sourire aux lèvres.

« Monsieur Donald, dit-elle gentiment, présentez-moi votre cousin. Je sais déjà qui il est. Le possesseur de la Villa des Mouettes, une île sur le lac. Tout le monde le connaît.

— Mademoiselle. » Gaston saluait, d'un coup sec de la tête, en guillotiné, ou plutôt, tel un canard qui plonge, très flatté, « Mademoiselle.... »

La jeune fille le regardait, et une gaieté contenue éclairait son visage malicieux, plus rose que toutes les roses de Montreux.

Elle n'avait que seize ans, longue et mince, on sentait qu'elle n'atteignait pas encore son complet développement. Mais elle promettait de devenir une personne ravissante. De l'enfant d'autrefois, elle avait gardé le teint d'églantine, transparent et nacré, et son expression de vivacité, cette flamme de malice dans ses grands yeux sombres. Le visage avait conservé des contours arrondis, et son sourire franc et joyeux.

Soucieux de faire l'homme du monde, Gaston s'empressait :

« Mademoiselle, je crois vous avoir aperçue autrefois au Bois, le matin, vous faisiez du « footing ».

Yolande lève les sourcils en signe d'interrogation :

« Ah! oui, parfaitement. Je me promenais avec votre tante. C'est si amusant, la marche, plus amusant que tous les sports.

— Cependant le cheval, dit Gaston, qui est bon cavalier et tient à le faire savoir. Vous faites certainement du riding?

— Et du skating, et du rowing, et surtout du dancing, dit la jeune fille en riant. C'est encore ce que je préfère. Mais avouez qu'il est heureux que je sache l'anglais, autrement nous aurions peine à nous comprendre. »

L'orchestre entamait *le Beau Danube Bleu*. Les couples se formaient. « Mademoiselle, voulez-vous m'accorder cette valse? — Avec plaisir », dit Yolande. Flatté, Gaston arrondissait le bras. « Moi, voyez-vous, poursuivait-elle, quand j'entends un rythme de valse, c'est plus fort que moi, je danserais avec une chaise. »

Ceci était moins flatteur.

Gaston était bon valseur. Parmi la foule, il conduisait habilement sa danseuse, en dessinant les méandres d'un bostonnage savant. Elle, légère et gracieuse, ne pesait rien à son épaule. On eût dit une grande fleur vivante. Et l'on s'arrêtait, on faisait cercle pour admirer ce jeune couple. Quand il reconduisit sa danseuse, Gaston exultait :

« Mon cher, elle est charmante, dit-il à Donald. Jamais je n'aurais cru. La petite fille d'un fumiste! » Il s'essuyait le front, de son mouchoir parfumé, et rétablissait la symétrie de ses bandeaux, que ce boston mouvementé avait compromise.

« Tu la vois souvent? tu es reçu chez eux?

— J'ai autre chose à faire que des visites, répondit Donald laconique, visiblement agacé.

— Au fait, tu as raison, dit Gaston condescendant, à cause de la situation de ta mère.... Il faut savoir se tenir à sa place. »

Et, là-dessus, il pirouetta sur ses talons.

XV

Coup d'œil en arrière.

En quatre années, Mme Goubaud avait transformé son élève. La « petite diablesse » était devenue une charmante jeune fille. Tout ce qu'il y avait en elle de distinction innée s'était développé et affiné au contact d'une âme supérieure, tandis que les défauts, qui n'étaient d'ailleurs ni de cœur ni d'esprit, s'étaient bientôt corrigés. Yolande ne conservait de son origine qu'une vivacité méridionale, et quelque chose de primesautier qui lui donnait un charme de plus.

Ce jeune être qui souffrait, sans s'en rendre compte, de son entourage inférieur, avait subi, d'abord inconsciemment, l'ascendant d'une nature noble et cultivée. Puis, plus tard, son jugement formé, cette admiration instinctive était devenue raisonnée, et elle s'était attachée profondément à l'amie plutôt qu'institutrice qui avait comblé ses vagues aspirations d'enfant intelligente abandonnée aux mains d'une grand'mère, bonne femme, mais bornée, et plus enfant qu'elle-même.

L'excellente Mme Cabassou, elle, était restée bien la même. On ne change guère à soixante-dix ans. Elle se tirait toujours les cartes, sans que se ralentît un instant son intérêt pour la dame de cœur et son angoisse à attendre l'as de trèfle, lequel, comme chacun sait, signifie grand triomphe. Et chaque matin, au lever, elle observait soigneusement les présages pour savoir si la journée serait faste ou néfaste. Elle n'avait pas perdu l'habitude de se confectionner d'étranges tisanes, et comme par le passé, parcourait l'appartement en des négligés qui manquaient de coquetterie, le chef surmonté de coiffures invraisemblables, de plus belle oscillant d'un œil et d'une oreille à l'autre.

Elle avait assisté, admirative et un peu jalouse, à la transformation progressive de la « petite diablesse ». Elle disait à Mme Goubaud : « C'est donc une herbe magique, chère dame, que vous lui donnez pour la rendre obéissante? » Quand elle voyait la petite faire une gracieuse révérence, quand elle l'entendait s'exprimer en termes corrects, presque choisis, elle s'exclamait : « Eh! tu me fais rire. Que de manigances! Une duchesse, au moins! » oubliant qu'elle-même avait voulu « les belles manières avant tout ». Mais l'accompagnait-elle, par hasard, en quelque sortie, au bois, dans une *tea-room* ou un magasin, lorsque les regards se fixaient, avec sympathie, sur cette jolie fillette, la bonne dame se rengorgeait. Et elle avait confié à Mme Goubaud : « N'en dites rien, chère dame, mais les cartes me l'ont prédit. La petite épousera un prince du sang! »

Auprès de son élève, Mme Goubaud s'était d'abord confinée strictement dans son rôle d'institutrice, en exagérant presque l'effacement. Elle, pas plus que son fils, n'avait besoin que le beau Gaston leur apprît « qu'il faut savoir se tenir à sa place ». Sur toute sa vie intime elle gardait une digne réserve, n'étant point d'ailleurs de celles qui étalent leur cœur et confient le meilleur de soi-même à tout venant.

Puis, un jour, l'enfant l'avait interrogée, si gentiment : « Vous avez un garçon, madame? Grand'mère me l'a dit. Je voudrais bien savoir son nom. » Touchée, Mme Goubaud avait répondu. Elle avait dit l'âge de Donald. Bientôt Yolande avait appris que le jeune garçon faisait des mathématiques, qu'il visait l'École Polytechnique. Elle avait su que, le soir, il attendait le retour de sa mère, à sa table de travail, studieux et absorbé, pas assez cependant pour ne point reconnaître le pas aimé dans l'escalier. Et Yolande, fine et observatrice, avait surpris la lueur qui transformait le visage de la mère chaque fois que le nom de ce fils venait sur ses lèvres.

Peu à peu, elle s'était intéressée à ce Donald qu'on lui présentait en modèle. Et sachant que le soir, au retour, sa mère lui disait les moindres événements de la journée, elle en était venue à redouter son jugement et à vouloir mériter ses éloges.

Quand elle avait quelque sottise à se reprocher, elle interrogeait, avec une moue : « Est-ce que vous le direz à Donald? » Et la pensée qu'il le saurait l'empêchait de recommencer.

Un jour, elle lui avait dit : « Je voudrais vous demander quelque chose, mais je n'ose pas. Votre Donald, pourquoi ne l'amenez-vous jamais ici? » Touchée, Mme Goubaud avait embrassé l'enfant sans répondre. L'élève était revenue à la charge : « Je sais pourquoi il ne vient pas. Il s'ennuierait trop entre une vieille dame et une petite fille ignorante. » Et comme la grand'mère insistait aussi, Mme Goubaud, un dimanche, l'avait amené.

Depuis, il était revenu. Une sympathie était née entre cette fillette vive et gaie, et ce grand garçon sérieux. Tous deux étaient heureux, les jours de congé, de se retrouver. Sous la conduite de Mme Goubaud, ils partaient ensemble faire de longues promenades, d'autres fois visiter les musées ou quelque exposition de choix.

Mais Yolande avait découvert une occupeine à faire un choix. Et il s'était décidé pour un abrégé de *Don Quichotte*. Les merveilleuses aventures du chevalier de la Manche ravirent Yolande. Si jeune fût-elle, sa vive intelligence sut en comprendre le sens profond. Après *Don Quichotte* vinrent des *Comédies* de Molière, du Labruyère, des extraits d'auteurs classiques, choisis et gradués sur les conseils de Mme Goubaud.

Et c'était charmant, ce bel adolescent au visage grave, lisant d'une voix pro-

Il lisait d'une voix profonde et bien timbrée.

pation encore plus captivante. « Votre maman me gronde, avait-elle dit à Donald, parce qu'il paraît que je lis si mal à haute voix. Voulez-vous me lire quelque chose? Cela me servira de leçon. » Mais elle n'avait que des histoires puériles ou des manuels de classe. Donald proposa : « Je vous apporterai un de mes livres, si vous voulez ». La petite battait des mains. « Seulement, vous verrez qu'ils vous ennuieront, vous les trouverez trop sérieux. » Yolande protestait, offensée : « Croyez-vous que je lirai toute ma vie *les Mémoires d'une poupée*? »

Et petit à petit, c'était une partie de sa bibliothèque qu'il avait apportée. D'abord, pour le premier ouvrage, il avait eu quelque

fonde et bien timbrée, tandis que la fillette tenait fixés sur lui ses yeux étincelants, toute sa physionomie mobile concentrée par l'attention, ne perdant pas un des mots qui sortaient des lèvres du lecteur.

Ces heures de lecture avaient pris pour Yolande un tel attrait qu'elle les préférait à toutes les distractions. Intriguée, la bonne Mme Cabassou voulut en prendre sa part. La pauvre dame avait été quelque peu déçue. « Ah! c'est bien beau, disait-elle sans conviction, presque aussi beau qu'un sermon. » Et dodelinant de la tête, malgré ses efforts, elle s'endormait, comme au sermon, le bonnet vacillant. Au fond, elle se demandait ce qui pouvait bien là-dedans, « intéresser la petite ». Cela ne valait pas les feuilletons palpitants, aventures de marquises et de barons, dont elle suivait chaque matin avidement les péripéties passionnantes.

Yolande était née musicienne, et sous une direction habile, elle avait acquis un talent de pianiste. Quand Donald avait lu longtemps, il posait le livre et il disait :

« Changement de rôle, mademoiselle Yolande, à mon tour d'écouter. Je réclame un peu de musique. » Yolande et Mme Goubaud, se mettant au piano, entamaient une symphonie de Beethoven ou de Mozart, leurs musiciens préférés. Et c'était encore un joli tableau, cette enfant et cette jeune femme aux blonds cheveux, faisant voler sur les touches leurs doigts agiles et pénétrants, ce jeune garçon pensif accoudé au piano, son visage attentif reflétant les moindres émotions de la musique.

La grand'mère surgissait pendant l'exécution d'un morceau. Là elle admirait moins encore : « Ah! que de notes, que de notes! » et elle réclamait de la musique moins fatigante, quelque chose de plaisant. De son temps, les jeunes filles chantaient la romance : voilà ce qui était aimable. Il en était une... attendez... elle ne l'avait jamais oubliée, tellement cela vous tirait les larmes des yeux. Et cherchant dans sa mémoire, prunelles au plafond, elle chevrotait :

J'avais inscrit ton nom, Madeleine,
Sur la feuille de la verveine....

On n'en avait jamais su plus long. Pourtant ce début promettait.

Ces joies auraient pu paraître à d'autres bien fades et bien austères. Mais malgré leur jeunesse, Yolande et Donald étaient de ces natures d'élite qui ne goûtent que les heures profondes, celles de la vie intime, où le cœur et l'intelligence ont toujours leur part. Ils n'en gardaient pas moins la gaieté de leur âge, et pour un mot, un rien, éclatait le joli rire d'Yolande, auquel celui de Donald, qui devenait moins rare, faisait écho.

A les voir, Mme Goubaud était heureuse, heureuse de ce bonheur détaché et serein qui est fait de celui des autres, le seul que puisse désormais connaître l'âme fidèle qui n'attend plus rien pour elle-même ici-bas.

Pendant trois années, aux vacances, Donald avait dû se séparer de sa mère. Il allait en Allemagne, se perfectionner dans la langue, tandis que Mme Goubaud accompagnait son élève vers quelque plage de Bretagne ou de Normandie. Tous les deux jours il lui écrivait, la tenant au courant de sa vie extérieure, et aussi lui rendant compte de ses pensées, de ses impressions. L'éloignement ne séparait pas ces deux cœurs. Et c'était touchant, cette confiance filiale, conservée à l'âge de jeune homme. Donald, assez peu expansif, se montrait davantage dans ses lettres, ainsi qu'il arrive souvent aux natures concentrées, qu'une sorte de timidité fière retient dans la conversation quand il s'agit de parler de soi.

Yolande, grandissant, demandait en riant : « Si je suis « sage », vous me lirez bien quelque chose de la lettre de Donald? » D'ailleurs une part lui en était réservée, et lorsqu'il décrivait un musée, un spectacle, lorsqu'il rendait compte d'un événement intéressant, il savait bien que sa mère ne serait pas seule à le lire.

Au moment des examens de l'École, Donald avait donné un coup de collier terrible. Il voulait, plus qu'être reçu : y être admis dans les premiers. « Je vous le dois, disait-il à sa mère, si j'y entre, c'est votre œuvre. » Le jeune homme avait grand besoin de repos. On lui conseillait l'air de la Suisse. Yolande désirait aussi connaître la montagne. Et la grand'mère, qui ne souhaitait plus que du soleil, son jeu de cartes, ses tisanes, et le rire de sa petite-fille, se laissait conduire où l'on voulait.

Mais Mme Goubaud avait trop de tact pour s'installer avec son fils à l'hôtel où descendait son élève. Donald et Yolande n'étaient plus des enfants. Une trop grande intimité eût pu faire naître des commentaires dont se fût blessée sa fierté. Donald, imitant cette réserve, sans affectation, se tenait à l'écart. Dès le matin, il partait vers la montagne. Et il respirait plus librement lorsqu'il était hors de cette foule mondaine qui lui gâtait presque la beauté du site.

Quant à Yolande, elle jouissait de tous les amusements de Montreux, et ne faisait aucune réflexion sur l'absence de Donald.

LA JEUNE FILLE LE REGARDAIT.

XVI

Le beau Gaston.

PLAY!

— *Ball!*

— *Ready!* »

Gaston attend, la raquette levée, dans une pose élégante et étudiée, la balle que lui envoie l'adversaire, et, préoccupé de ses effets de torse, il la manque, naturellement.

« Ah! monsieur Gaston, dit une voix rieuse, — la voix d'Yolande, — c'est bien la dixième fois depuis le commencement du jeu. Et vous avez voulu être dans mon camp! »

Gaston ne se laisse pas démonter pour si peu.

« Excusez-moi, mademoiselle, j'étais occupé à vous regarder. Vous êtes si charmante dans ce costume, vous avez une telle grâce.... »

Un éclat de rire fuse, frais comme un chant d'alouette. Yolande est charmante, en effet, dans sa jupe courte de flanelle blanche, le canotier campé sur ses cheveux d'or sombre, les joues rosies par l'animation du jeu. Elle regarde Gaston. Une lueur moqueuse pétille au fond de ses yeux brillants.

« C'est vous qui êtes gracieux, monsieur Gaston, bien plus que moi.

— Mademoiselle... dit Gaston, dont la robuste vanité ne saurait soupçonner une ironie.

— Par exemple, à la prochaine partie, je ne vous veux plus dans mon camp. Avec vous, nous perdrons toujours....

— D'ailleurs, c'est l'heure du thé, dit Gaston avec empressement. Voulez-vous que nous stoppions? »

Gaston attend, la raquette levée.

Au fond, Gaston goûte peu l'exercice physique. Il fait du sport par snobisme, mais son indolence redoute l'effort. Et n'était l'impérieuse obligation pour un jeune homme qui se respecte, de jouer au tennis, il ne toucherait jamais une raquette.

Le cheval est le seul exercice qu'il supporte. Pour les autres, il s'y résigne, stoïque.

Au tennis, il se retrouve avec la société « chic », toute une colonie d'Américains et d'Américaines. Yolande y vient aussi, non par snobisme, elle, mais parce qu'elle adore la dépense physique, et qu'à tous les sports elle est de première force.

Or, le beau Gaston est charmé de cette rencontre. Cette « petite-fille de fumiste », comme il disait dédaigneusement, s'est bien décrassée de la suie originelle. Par sa beauté et son élégance, elle est la personne en vue de la saison, et flatté de se montrer avec elle, Gaston, depuis la soirée du Palace, a multiplié les visites et les empressements. Aussi bien est-il persuadé qu'il fait grand plaisir, voire même honneur, et qu'on est charmé de sa recherche.

Donald venait aussi au tennis. Le cousin de Gaston avait peut-être moins de grâce, mais c'était un excellent joueur, et, comme Yolande, il jouait pour le plaisir de se dépenser, de faire preuve d'adresse et de vigueur, sans le moindre souci des « poses plastiques ».

« Va pour le thé, avait dit Yolande gaiement, puisqu'il paraît qu'on ne peut pas s'en passer. »

Les jeunes gens se dirigeaient vers Clarens. Une jeune Américaine, Barbara Wilkinson, s'était jointe à eux, personne dégingandée, laide et sans grâce, mais dont l'air de santé morale et physique, le regard bleu direct et ferme, rachetait la laideur. Sans avoir la fortune d'Yolande, elle passait pour riche, et ne manquait pas d'adorateurs.

Ils étaient engagés dans un chemin bordé de hauts sorbiers aux grappes de corail. Partout la verdure et les fleurs les environnaient. Ces rives ne sont qu'une gerbe immense jetée jusque dans les eaux du lac. Partout les fleurs y éclosent. Dans les sentiers, on les foule comme l'herbe. Façades et balcons ne sont que guirlandes. Les plus pauvres chalets en ont leur garniture. Jusqu'aux fentes des roches, jusqu'aux trous des murs, où l'on trouve moyen de faire grimper capucines et pois de senteur.

En marchant, les jeunes gens étaient arrivés devant le cimetière. Et c'est encore là que les fleurs naissent plus vivaces et plus brillantes.

Ce champ du repos est un champ de roses. A l'entrée, ils s'arrêtaient pour regarder la statue d'Élisabeth d'Autriche, effigie prétentieuse, d'un mauvais goût déconcertant, poupée en robe à volants et coiffure à coques taillées dans la pierre.

« Pauvre impératrice! si éprise de beauté, disait Yolande, comme elle souffrirait de se voir fixée dans cette image ridicule, cette toilette de couturière provinciale, cet édifice de cheveux, alors qu'on se la figure si bien enveloppée des nobles plis de la tunique antique.

— Entrons, voulons-nous? demanda l'Américaine. J'aime les cimetières, oh! tellement! »

Yolande et Donald la suivaient. Gaston fit un pas en arrière.

« Pardon, avez-vous besoin de moi? Je n'apprécie pas beaucoup ces sortes d'endroits....

— Oh! *indeed*, comme c'est curieux! dit miss Wilkinson. Moi, je les trouve si agréables. On se dit qu'on viendra là un jour. Cela vous fait voir toutes les espèces de choses à un autre point de vue. »

Gaston fit la grimace. Il ne tenait pas du tout à voir les choses à un autre point de vue.

Yolande demanda :

« Est-ce que vous auriez peur, monsieur Gaston? Ce n'est pas possible.

— Peur, mademoiselle? Vous plaisantez, je pense. » Et, s'exécutant, il les suivit.

Un parfum violent emplissait l'enclos, chaque tombe n'était qu'un bosquet, où parmi les merveilleuses efflorasons se retrouvaient les mêmes inscriptions d'une poignante monotonie : Élisabeth, dix-huit ans; Florence, duchesse de Marlborough, seize ans; Earl of Dancaster, dix-neuf ans. Rien que des jeunes, funèbre rendez-vous des plus grands noms, beauté, espoir, fortune, fauché par un mal impitoyable, ils se retrouvaient là, devant ce lac où ils étaient venus chercher la vie. Et ces roses thé au parfum lourd, ces roses rouges couleur de sang, ces roses blanches, d'une blancheur éclatante et pure, c'était comme l'âme même de toute cette jeunesse qui refleurissait.

Le crépuscule tombait. Les jeunes gens s'étaient tus, le cœur étreint d'émotion. En silence, ils descendaient le long des méandres de ce jardin en amphithéâtre, qui n'est que lacis et labyrinthes, étourdis presque par des effluves trop grisants. Tout à coup, un cri perçant, un appel :

« Ah! mon Dieu, au secours, délivrez-moi! » Au détour d'une allée étroite, un rosier s'est accroché aux habits de Gaston; et le malheureux, épouvanté, qui se croit agrippé par d'invisibles doigts, est devenu livide, incapable de se dégager, en proie à la terreur des ombres....

Donald l'avait délivré, débarrassant sa veste des branches épineuses qui le retenaient prisonnier. Au sortir du champ de roses. Gaston respira. Mais il restait pâle et sans voix. Donald et Yolande s'abstenaient de toute remarque, compatissant à sa confusion. Mais l'Américaine, impitoyable :

« Ah! monsieur Gaston, vous ne direz pas cette fois que vous n'avez pas peur? Comme c'est intéressant d'avoir vu un jeune Français qui avait peur! Je le raconterai en Amérique! »

XVII

Yolande et l'oncle font connaissance.

Gaston, qui s'ennuyait toujours, par la raison qu'il ne faisait rien et ne s'intéressait à rien, depuis quelque temps, s'ennuyait beaucoup moins. Il avait trouvé une occupation, étant devenu l'assidu d'Yolande et de sa grand'mère. Dès le matin, reluisant, éblouissant, comme s'il sortait d'une boîte, il arrivait au Palace présenter ses hommages, se mettre aux ordres de ces dames, pour le programme de la journée, proposant une promenade, pas trop fatigante, une excursion en montagne, — où l'on était sûr de trouver un funiculaire pour monter, et à l'arrivée un hôtel où prendre le thé.

Pour leur plaire, il étalait toutes ses grâces, et du moins avec la grand'mère, il pouvait se vanter d'avoir réussi. La bonne Mme Cabassou ne jurait plus que par lui. Elle s'extasiait sur sa figure de demoiselle, sur ses façons si distinguées. Elle déplorait qu'il fût de naissance bourgeoise. « Ah! quel malheur qu'il ne l'ait pas, le titre, celui-là! il ferait un si mignon prince! »

Au fond, Gaston se moquait de la vieille dame. Mais s'étant rendu compte de ses manies, il les flattait habilement. Il affectait une terreur des couteaux en croix, du nombre treize. Il disait à Donald d'un ton sérieux : « Mon cher, il ne faut pas rire de ces choses. Que savons-nous? Il y a là-dedans plus de vérité qu'on ne pense. » Fascinée, la pauvre femme ne voyait ni sa paresse, ni sa niaiserie, ni son égoïsme. La grosse fortune dont il devait hériter était bien pour quelque chose dans l'admiration qu'il lui inspirait. Mme Cabassou avait conservé, de l'époque où elle n'en avait pas, un grand respect pour l'argent, et la pauvre dame, qui n'eût point vécu autrement qu'elle ne faisait si elle n'avait eu que trente sous à dépenser par jour, en vieillissant était hantée par la terreur d'en manquer. Le jour où il faudrait marier sa petite-fille, elle était bien décidée à ne la donner qu'en échange d'une fortune au moins égale, sinon supérieure à la sienne.

Quant à Yolande, gaie et railleuse avec tout le monde, elle l'était un peu plus avec Gaston, sans rien laisser voir de ses véritables sentiments. Un jour elle s'était exclamée étourdiment, à son entrée : « Ah! voici le beau Gaston! » puis un peu confuse elle s'excusait : « Ce n'est pas moi qui vous ai donné ce surnom. A Montreux, tout le monde vous appelle ainsi. » Une autre fois, la jeunesse jouait aux petits jeux. Gaston Goubaud était sur la sellette, « parce qu'il est trop joli », avait dit quelqu'un qu'il fallait deviner. Et comme il s'inclinait, avec un regard interrogateur pour le cercle de jeunes filles qui l'entourait : « Ne cherchez pas, s'était-elle écriée, j'aime mieux vous le dire, c'est moi qui vous accuse d'être trop joli ». Parfois un vague soupçon avait effleuré Gaston qu'elle se moquait de lui; mais ce n'était qu'un éclair, sa suffisance lui rendait cette supposition trop invraisemblable pour qu'il s'y arrêtât.

Ce n'était pas sans intention que Gaston se constituait le chevalier servant d'Yolande. Il était bien jeune, il est vrai, pour songer au mariage, mais Yolande représentait « un parti », un parti tel qu'il ne s'en rencontre guère. Jolie et spirituelle, presque aussi riche, l'héritière des Cabassou, que l'héritier de l'oncle Goubaud. Point de parents, la vieille dame ne serait pas éternelle, et d'ailleurs à demi en enfance déjà, et de plus en extase devant Gaston,

— Gaston, heureusement, ne songeait pas à rapprocher ces deux faits! — D'avance ce garçon de dix-neuf ans, qui n'avait aucune jeunesse, calculait ces avantages. Et surtout il avait hâte d'échapper à la tutelle de son oncle, qui lui devenait insupportable. La seule manière d'en sortir, se disait-il, serait de prendre femme.

Et c'est dans ces belles dispositions qu'il envisageait le mariage.

Le fait est qu'avec les années, l'oncle devenait difficile à vivre. A Paris, il ne bougeait plus de sa chambre, enfoui sous un amoncellement de vieux pantalons, que par une manie bizarre, — réminiscence sans doute d'une époque difficile, — il persistait à employer en guise de cache-nez. Accroupie à ses côtés, du matin au soir la vieille Concordia pinçait son banjo et chevrotait ses chansons créoles, gardant sa voix perchée sur un aaaaah suraigu, interminable, à faire grincer des dents, ou bien modulant d'un ton lugubre, comme une mélopée funèbre :

Si toi pas veni, ça fait moi mouri!...

L'oncle ne supportait plus d'autre société. Et il semblait ne plus s'intéresser qu'à ce qui se passait là-bas, aux Antilles. La nostalgie l'étreignait de ce pays où il avait laissé sa jeunesse, trop vieux décidément pour s'acclimater autre part. Même il lui arrivait de dire qu'il vendrait l'hôtel, qu'il retournerait à la plantation. Il avait eu tort de venir; il le sentait aujourd'hui, à son âge, on ne changeait pas d'existence. Et aussi les générations nouvelles différaient trop des anciennes. Mme Lantier et son fils échangeaient alors un regard terrifié. Sans curiosité à l'égard des pays exotiques, ils n'avaient point l'humeur voyageuse, et ils tremblaient de perdre cette vie de parade et de luxe, à laquelle ils s'étaient si bien acoquinés qu'aucune servilité ne leur aurait coûté pour la conserver.

Le vieillard tournait vers elle son regard morne.

Était-ce cette rancune secrète, ce désappointement grandissant, à constater l'incurable nullité de son héritier, ou bien l'oncle obéissait-il à son humeur chagrine? mais il se montrait de moins en moins tendre envers son fils adoptif. A vrai dire, Gaston avait-il jamais rien tenté pour lui plaire? Sans reconnaissance pour cette fortune qu'il en était arrivé à considérer comme son dû, avait-il jamais fait le moindre effort pour la mériter?

A Montreux, où il avait acquis une propriété célèbre, au milieu d'un îlot sur le lac Léman, l'oncle passait ses journées dans le jardin, dont les plates-bandes trempaient dans les eaux; et ainsi que l'avait dit Gaston à Donald, on ne parvenait pas à l'en faire bouger. A peine s'il consentait parfois à traverser en bateau, pour aller s'asseoir sur l'un des bancs échelonnés en face du lac au long de la rive.

Et c'est là qu'il avait un jour rencontré Yolande. Le soir venait. Assise sur le banc à côté de lui, la jeune fille contemplait les montagnes enveloppées d'une gaze bleuâtre. En disparaissant à l'horizon, le soleil traînait à sa suite des nuées changeantes, aux teintes imprécises et nuancées de volubilis. Et sur les eaux moirées du lac planait une douceur magique.

Gentiment, elle avait dit tout à coup à son voisin :

« Comme c'est beau, n'est-ce pas, monsieur? On se croirait au pays des Fées. »

Surpris, le vieillard tournait vers elle son regard morne.

« Le pays des Fées? grommelait-il, c'est un pays que je ne connais pas.... Mais vous regardez donc les couchers de soleil? Je croyais que les jeunes filles ne s'intéressaient qu'aux devantures des magasins, aux étalages de chiffons? »

Yolande s'était mise à rire :

« Vous n'êtes guère aimable pour les jeunes filles, monsieur Goubaud! »

Plus étonné encore, l'oncle demandait :

« Vous savez donc qui je suis, mademoiselle?

— Qu'est-ce qui ne vous connaît pas à Montreux, et même à Paris? Vous êtes l'oncle du « beau Gaston ». Vous possédez des plantations à n'en plus finir, un hôtel tout rempli de belles choses. Et je sais même que vous avez deux singes, c'est-à-dire l'un est mort l'année dernière, pauvre bête! un nègre qui porte un bien beau nom, et une négresse qui joue d'un drôle d'instrument.... »

Cette fois M. Goubaud s'était déridé :

« C'est mon héritier qui vous a dit tout cela?

— Non, ce n'est pas lui. C'est votre nièce, Mme Goubaud, et son fils Donald.... Mais que je me présente, si vous le permettez : Yolande Morisset, l'élève bien reconnaissante de Mme Goubaud. »

L'oncle se renfrognait de nouveau :

« Il ne viennent pourtant pas si souvent, pour savoir ce qui se passe chez moi, et ils ne paraissent guère s'y intéresser.

— Oh! mais ils sont très occupés. Votre nièce, savez-vous que je l'accapare? Et Donald... — elle se reprit — son fils, n'a pas le temps de faire des visites.

— C'est-à-dire qu'ils veulent me prouver qu'ils n'ont pas besoin de moi. Ce sont des orgueilleux. »

Yolande répondit vivement, avec sa spontanéité d'autrefois :

« En tout cas, cela vaut mieux que de faire comme tant d'autres, qui ménagent les gens... » elle s'arrêta net et rougit jusqu'au blanc des yeux.

« Achevez donc votre pensée, mademoiselle, dit l'oncle, sarcastique, « qui « ménagent les gens pour en tirer profit ».

— Excusez-moi, monsieur Goubaud, je suis une étourdie. Votre nièce me le dit souvent : je parle à tort et à travers.

— Allons, mademoiselle Yolande, ne vous excusez pas. Vous avez de la franchise. C'est une qualité à mes yeux. Voulez-vous venir un de ces jours à la Villa des Mouettes? Je vous ferai voir mon ouistiti, et Concordia vous jouera du banjo. Je vous préviens que l'ouistiti n'est qu'une bête maussade comme son maître, qui n'est même plus capable de faire ses grimaces de singe, et le banjo un instrument lugubre, pour ceux en qui il ne réveille pas des souvenirs de jeunesse.

— Je viendrai tout de même », dit Yolande amusée.

Elle avait conté sa rencontre à Mme Goubaud, et le lendemain, avec elle, était venue à la Villa des Mouettes.

Pour la recevoir, M. Goubaud était sorti de sa torpeur. Il avait commandé, et fait servir, dans le jardin, des glaces, un goûter de choix, et pour la première fois, consentait à se présenter, sans qu'on eût besoin de le supplier, dans une autre tenue qu'en robe de chambre, et sous un amoncellement de défroques.

Depuis, Yolande était revenue. Chose étrange, cette sympathie qui était née et avait grandi entre la jeune fille si expansive et si joyeuse de vivre, et le vieil homme lassé, que l'expérience de la bassesse humaine avait fait misanthrope.

Yolande interrogeait l'oncle sur ses voyages lointains, sur son rude passé. Le vieillard méfiant, enfermé dans un silence presque continuel, s'animait, se transformait, pour lui répondre. Puis soudain, s'interrompant brusquement :

« Mais cela ne vous intéresse pas. Qu'est-ce que je raconte? des radotages de vieux.

— Si cela ne m'intéressait pas, je n'écouterais pas. Je suis encore très mal élevée, je vous en préviens, malgré les efforts de votre nièce. »

Cette affection de l'oncle pour la jeune fille ne portait pas ombrage à l'héritier. Au contraire Gaston l'envisageait d'un œil satisfait, car elle servait ses intentions : « Je crois décidément que cette « petite » apprivoise le vieil ours. Tant mieux, je ne suis pas jaloux. » Et il expliquait à sa mère :

« Vous comprenez, ce serait un moyen de lui échapper. Je vous assure que j'en ai par-dessus la tête, de son humeur, de ses algarades. Je suis à bout de patience. » A l'entendre, on eût cru que s'il avait jusqu'ici supporté M. Goubaud, c'était pure bénévolence, et par le seul effet de son extraordinaire magnanimité.

« Mais Gaston, disait Mme Lantier effarée, à ton âge, tu ne penses pas encore à te marier?

— Que voulez-vous? S'il fallait en passer par là! Au moins je serais libre. Et puis, je ne dis pas tout de suite. Mais on peut toujours poser des jalons, préparer l'avenir. Songez, lorsqu'elle aura fait son entrée dans le monde, combien de prétendants vont se mettre sur les rangs! Il s'agit d'arriver bon premier. »

Le sérieux de Gaston émerveillait Mme Lantier.

XVIII

L'accident.

« Alors, monsieur Gaston, demain vous êtes des nôtres pour grimper la Dent du Midi? »

Gaston dit sans enthousiasme :

« Mademoiselle, je serais ravi, trop heureux en vérité.... Par malheur je suis sujet au vertige. C'est désolant. Si je n'avais pas cette infirmité, précisément je devais accompagner cet été un de mes amis sur l'Himalaya. Il voulait absolument m'emmener. »

Yolande ne perd pas cette occasion d'éclater de rire :

« Mais la Dent du Midi n'est pas l'Himalaya, mon pauvre monsieur Gaston. C'est une petite excursion de rien du tout, une plaisanterie, un jeu d'enfant. Il y aurait de quoi faire rire les vrais ascensionnistes. »

L'Américaine, Barbara Wilkinson, vient à la rescousse :

« Rien du tout, monsieur Gaston. Moi j'ai fait la Doim, — à quatre mille cinq cent cinquante mètres, — le Weieshorn, — quatre mille cinq cent douze, — l'Aiguille Verte, — quatre mille cent vingt-sept, — le Cervin, trois fois....

— Ah! mademoiselle, dit Gaston, pointu, n'en sortez plus. Je rougis de mon ignorance. Vous parlez comme un livre de géographie, je vous fais mon compliment. Mais sans doute vous n'avez pas le vertige.

— Mais tout le monde a le vertige. Cela ne fait pas matière. Personne n'y paie attention.

— Une simple promenade, on vous dit. Croyez-vous que s'il y avait le moindre danger, ma pauvre bonne-maman me laisserait aller? Nous ne serons même pas attachés.

— Attachés? que voulez-vous dire, mademoiselle?

— Mais oui, en général on est attaché, l'un à l'autre, par le milieu du corps, avec des cordes.... Tous les ascensionnistes connaissent cela.

— Et si l'un vient à perdre pied?

— Ah! bien alors, celui qui précède est scié en deux. Il se sent entraîné, toute la grappe suit le mouvement....

— Vous êtes sûre, mademoiselle, dit Gaston de moins en moins enthousiaste, que nous n'aurons pas à employer.... Je me connais, je serais capable d'être cause d'une catastrophe.

— Je me demande quel costume vous allez arborer pour la circonstance, dit Yolande avec un coup d'œil d'entente vers son amie. Je suis sûre, en tout cas, que ce sera d'un goût parfait, tout à fait dans la note!

— Mademoiselle, vous me comblez, dit Gaston ravi. J'avoue que je n'avais pas prévu l'occasion.

— Évidemment, remarque Donald qui paraît agacé, quand on vient en Suisse, on ne se doute pas qu'on ira sur la montagne.

— Enfin j'espère que je serai suffisamment équipé : knickers-bockers, bandes molletières anglaises autour des jambes, comme coiffure — Gaston réfléchit — je crois que le tyrolien de feutre vert avec une plume de vautour... à vrai dire, c'est un peu fantaisie. Mais enfin, l'empereur a donné l'exemple.... Il est vrai que Guillaume, en fait d'élégance — légère moue de Gaston — on ne saurait le prendre pour arbitre. Mais le roi d'Angleterre porte aussi le feutre mou.

— Oh! alors, dit Yolande sans rire, je crois que vous pouvez le risquer.

— N'oublie pas aussi de te munir, comme Tartarin, de fusils, couteaux, attirail pour chasser l'ours, l'aigle, le chamois, toutes les bêtes sauvages que nous allons rencontrer là-haut. »

Gaston, absorbé par ses perplexités au sujet d'un costume, ne relève pas l'ironie.

« A demain, trois heures du matin, rendez-vous devant le Palace. »

La perspective de ce lever ultra-matinal l'enchante de moins en moins. Mais il ne peut guère reculer sans se couvrir de ridicule. Et le lendemain à deux heures, ayant eu la précaution de se faire éveiller, bâillant, grelottant, claquant des dents, il s'habille en pestant contre les fantaisies des jeunes filles et l'inexplicable manie des ascensionnistes. « Quel plaisir, je vous le demande, de se hisser sur des pierres! Et il paraît que l'on passera la nuit dans une cabane, pour voir le lever du soleil de là-haut. Comme si on ne le voyait pas aussi bien d'en bas! » Et il grommelle : « Que je devienne un jour le mari de Mlle Morisset. Et l'on m'y reprendra à « ascensionner »! D'abord, nous ne reviendrons jamais en Suisse. En voilà un pays surfait. Assommant, la Suisse, assommant. »

L'ayant aidé à s'équiper, le valet de chambre, muni d'une lanterne, l'accompagnait.

Gaston grelottait de plus belle. Peu s'en fallut qu'il n'abandonnât la partie et rentrât se coucher au plus vite. Mais, devant la porte, se tenait déjà le groupe des ascensionnistes, et leurs lanternes vacillantes piquaient les ténèbres de petites étoiles animées d'un mouvement mystérieux.

« Dépêchez-vous, monsieur Gaston, on n'attend plus que vous. »

A Yolande et Donald s'étaient joints une bande de jeunes Américains et Américaines, dont Barbara Wilkinson et le frère de celle-ci. C'était lui qui devait conduire la petite troupe. Connaissant la montagne à fond, ascensionniste de première force, sa présence valait celle d'un guide. C'était un grand garçon roux, avec une toute petite tête rase perchée au bout d'un long cou. La montagne seule l'intéressait. Excepté pour nommer des pics, indiquer des altitudes, il ne desserrait pas les dents.

Tous, un bâton ferré à la main, sac au dos, et dans ce sac une chemise de flanelle de rechange, des châles et des provisions, étaient prêts à se mettre en route. Et à la lueur des lanternes, Gaston aperçut un touriste, qui n'était autre que le nègre Marc-Antoine — non moins élégant que lui-même, — et coiffé, comme lui, du tyrolien en feutre vert! Marc-Antoine, lequel, en ces dernières années, avait été relevé des fonctions de valet de chambre, qu'il remplissait avec trop de fantaisie, pour s'élever à celles d'une sorte de factotum, d'intendant, et surtout de familier de l'oncle, qui tenait à lui à peu près au même titre qu'à ses deux ouistitis.

Furieux de cette présence, Gaston s'écria :

« Que viens-tu faire ici, sale nègre, animal? qui t'a permis de t'y trouver?

— Missié, dit Marc-Antoine d'un air digne, je ne suis pas un sale nègre, je prends le tub comme Missié. — Il aurait pu même dire, et c'est celui de Missié. — Je ne suis pas un animal. Je suis électeur, comme Missié.

— Je m'en moque, dit Gaston au comble de la colère, qui n'avait pas encore digéré les mauvais tours joués naguère par le nègre. Je n'irai pas en société d'un noir, d'un domestique....

— C'est l'oncle de Missié qui m'a permis de venir.... »

Yolande s'interposa :

« AU SECOURS, DÉLIVREZ-MOI ! »

« Je vous en prie, monsieur Gaston. C'est moi qui ai demandé à votre oncle de nous le céder. Marc-Antoine nous sera utile, et il avait si envie d'être de la partie! Vous ne voudriez pas gâter tout notre plaisir. Allons, en route, nous perdons notre temps, et il faut que nous soyons arrivés à la cabane avant la nuit. »

Gaston se tut, comprenant qu'il n'avait rien de mieux à faire. Et la petite troupe se mit en marche.

Bientôt sorti de Montreux, on arrivait au pied de la montagne. Pour commencer, les montées ne sont pas rapides. Ils s'engagèrent par de délicieux petits chemins zigzaguant entre les roches couronnées de châtaigniers. L'aube se levait. L'atmosphère était d'une limpide fraîcheur. Des vapeurs se déchiraient, laissant voir par leurs trouées le bleu du lac, les prairies, et au-dessus de leurs têtes les nappes de neige rosissantes sous les premiers rayons du matin.

Ils avaient marché quatre heures. Leur jeune guide commanda une halte. On s'assit sous un châtaignier géant qui allongeait ses énormes rameaux, dont quelques-uns touchaient presque le sol. Tous avaient cette belle humeur que donne le plaisir sain des forces physiques dépensées sans excès au milieu d'une belle nature. Gaston s'efforçait de se mettre à hauteur, d'admirer comme ses compagnons. Et, en s'épongeant le front, il déclarait, ne trouvant rien de mieux : « C'est très agreste, très agreste ».

« Dieu que c'est beau! disait Yolande. Et comme cela donne faim! Vous ne me trouverez peut-être pas très poétique. Mais je vous avoue que je me sens un furieux appétit. »

Les provisions déballées et adroitement étalées par Marc-Antoine, on y fit joyeusement honneur.

A mesure que l'on s'élevait, la verdure devenait plus rare, le paysage plus austère. Aux fraîches prairies tapissant les flancs de la montagne, succédait un entassement de rocs nus qui parfois leur barraient le passage. La vallée s'encaissait entre des parois de granit. Les sentiers se faisaient plus abrupts. Au-dessous d'eux, c'étaient des ravins sombres et boisés, où couraient ruisseaux et torrents. Au-dessus, la Dent du Midi se découvrait, toute blanche, vêtue de neige éclatante, au milieu des roches grises et rouges.

Sans s'en rendre compte, le groupe d'Américains, plus entraîné, avait pris les devants. Ils se trouvaient hors de vue. Donald, Yolande et Gaston marchaient ensemble, suivis de Marc-Antoine. Donald avait fait quelques pas en avant et il allait seul, laissant les autres derrière lui.

« Je me demande, dit Yolande, si nous allons trouver là-haut des edelweiss? Je n'en ai pas encore vu. Mais elles ne poussent que sur les sommets. »

Gaston, les jambes roides, les reins cassés, fourbu à faire pitié, qui eût donné beaucoup pour rebrousser chemin, répondit héroïque :

« S'il y en a, mademoiselle, fût-ce au fond d'un glacier, j'irai vous en cueillir. »

Yolande rit à plein gosier.

« Ne vous donnez pas cette peine. C'est une fleur que je déteste. On la dirait taillée dans un gilet de flanelle. Heureusement il y en a d'autres. Tenez, ces rhododendrons, quelle couleur délicate! »

Ils se trouvaient au long d'un chemin en couloir, contournant une masse rocheuse, où poussait un maigre lichen. A leur gauche dévalait une pente gazonnée, descendant vers des ravins qui plus loin devenaient abîmes, et, contraste charmant, le rhododendron tapissait leurs parois de ses fleurs de pourpre.

« Oh! celui-là, s'exclama Yolande, qu'il est beau! il est presque à ma main. Je vais le cueillir. »

Elle se penche, avance le bras, encore un peu plus. Le pied lui manque. Un cri de terreur... le bruit sourd d'une chute, elle roule, et au-dessus d'un ravin, elle reste accrochée, suspendue, inerte, sur une sorte de roche qui fait plate-forme.

C'est le temps d'un éclair — il n'en faut pas plus pour détruire une vie — Gaston, qui se rend compte à peine de ce qui vient de se passer, jette des cris d'épouvante, incapable d'un mouvement, d'un geste utile. Le nègre Marc-Antoine, qui s'approche, ne crie pas, il mugit : « Au secours! » Et Donald, qui s'est retourné, qui revient sur ses pas, a compris. Sans un mot il s'élance, s'accroche aux aspérités, aux racines de la pente glissante, avec une adresse, une agilité que décuple le danger, il descend, s'agrippant toujours où il peut. D'une main, il saisit la jeune fille évanouie, qu'un seul mouvement maladroit précipiterait avec lui dans l'abîme. Tandis que les autres, hébétés, le regardent faire, maintenant il s'efforce de remonter; embarrassé par son précieux fardeau, la situation est plus critique encore qu'à la descente. De sa main

droite il parvient à planter le bâton ferré dans un creux de la paroi où il enfonce, et d'un bond prodigieux, le voici remonté, sur l'étroit chemin en colimaçon. Alors il respire profondément, plus livide que la jeune fille évanouie, et il dit : « J'espère qu'elle n'est pas blessée. Mais nous ne pouvons rester là. Nous allons la porter plus loin, et l'un de nous ira chercher du secours à la cabane. »

Gaston gémit : « Maudite excursion, c'est absurde aussi, ces machines-là. Je l'avais bien dit. Merci du plaisir!

— Tais-toi, dit Donald rudement, tu te lamenteras une autre fois. »

Aidé de Marc-Antoine, il a soulevé la jeune fille inerte, et tous deux gravissant le sentier tournant, sortis enfin de ce défilé dangereux, la déposent à terre, sur l'herbe rare et sèche, pareille à une fourrure pelée, qui recouvre le sol déjà stérile en cet endroit.

Donald a placé un sac derrière sa tête; sur elle il étend un plaid. Il fait signe à Marc-Antoine de lui passer la gourde de cordial, et il glisse quelques gouttes du liquide entre ses lèvres.

« Je monte à la cabane, dit-il. En trois quarts d'heure, je crois que l'on peut y être. Je ramènerai un guide et du secours. »

Gaston s'épouvante :

« Ah! mais, tu ne vas pas me laisser seul ici. La nuit va venir. J'aime mieux te suivre. »

Donald le regarde méprisant : « Rassure-toi. Marc-Antoine restera aussi. A moins que tu ne préfères monter là-haut, à ma place? »

Gaston proteste, encore plus effrayé. « Je me perdrais, je ne connais pas le chemin.

— Alors, attends-moi ici, c'est compris, n'est-ce pas? »

Sous le regard impératif de son cousin, qui lui en impose toujours, quoi qu'il en veuille, Gaston se tait, dompté. Donald a les mains en sang, les vêtements déchirés. Une profonde égratignure lui sillonne le visage. Sans y prendre garde, il s'est mis en route, préoccupé seulement de celle qu'il vient de sauver.

XIX

Ce qui en résulte.

Marc-Antoine avait pris la place de Donald. Il frottait avec précaution les tempes de la jeune fille, et lui faisait boire une nouvelle gorgée de vulnéraire. Au bout d'un instant, elle ouvrit les yeux, et promena autour d'elle ce regard étonné, et quasi effrayé, de ceux qui reviennent de l'inconnu.

« Mon Dieu! dit-elle faiblement, que s'est-il passé? où sommes-nous? que faisons-nous là? »

Gaston se rassurait, en la voyant reprendre vie. Il s'approcha avec empressement, et retrouvant son importance :

« Ce n'est rien, chère mademoiselle, un petit accident sans gravité. Vous avez voulu cueillir une fleur, vous vous êtes trop penchée.... »

Yolande frissonne, elle referme les yeux avec épouvante :

« Quelle sensation terrible! Je me rappelle... j'ai bien cru que tout était fini! Mais comment suis-je encore en vie!

— Ne vous inquiétez pas, reposez-vous, ne pensez à rien, dit Gaston, on vous expliquera tout cela. Une roche vous a retenue au passage, heureusement nous étions là... j'étais là. En descendant avec précaution dans le ravin, on a pu vous remonter. Et Donald est parti chercher du secours. Nous allons vous porter jusqu'à la cabane, et demain vous serez ramenée saine et sauve à votre grand'mère.

— Ma pauvre bonne-maman! votre mère... oh! comme je m'en veux de mon équipée! Et c'est vous, monsieur Gaston, vous, qui m'avez sauvée!

— Je vous en prie, mademoiselle, dit Gaston gêné, vous allez vous fatiguer. Ne parlez pas, ne songez qu'à vous remettre de ce terrible choc. Le reste ne vaut pas la peine que vous en disiez un mot. C'est chose trop naturelle, tout le monde en aurait fait autant ».

Yolande dit naïvement :

« Tout le monde, peut-être, mais pas vous.... Oh! je ne me pardonnerai pas de vous avoir si mal jugé! »

Marc-Antoine, à quelques pas, scrutait l'horizon. Le froid et le crépuscule tombaient, et lui aussi n'eût pas été fâché de se trouver à l'abri, enfin hors de ce mauvais pas. On le vit faire des signes d'appel, lever les bras en sémaphore : « Les voici, je les aperçois ».

« De grâce, mademoiselle, dit alors Gaston vivement, pour l'instant pas un mot devant Donald. Si vous voulez m'être agréable, ne prononcez pas mon nom. Le pauvre garçon aurait trop de regret de n'avoir pas été à ma place. »

Gaston n'eût pas cherché à s'attribuer volontairement le rôle de sauveteur. Mais le hasard le servait trop bien pour qu'il n'en acceptât pas le bénéfice. C'était un lustre inespéré qu'il en retirait, une chance providentielle qui servait ses projets. Comment, après cela, la jeune fille ne le préférerait-elle pas à tous ceux qui pourraient prétendre à sa main? Et puis, vraiment, sa situation était embarrassante. Rétablir la vérité, c'était avouer que bien loin de se jeter à son secours, il n'avait rien tenté pour la sauver, il n'avait su qu'appeler son cousin, par bonheur revenu à temps sur ses pas. Ainsi, du rôle de quasi héros, il touchait presque à celui de lâche, et l'admiration risquait de se changer en mépris.

La jeune fille fermait les yeux.

La caravane de sauvetage approchait : à la cabane, on avait trouvé de quoi organiser une civière, tout l'appareil utile en cas d'accident. Donald arrivait en tête, suivi des guides. Et son visage, crispé par l'angoisse, se détendit à la vue de la jeune fille ranimée et paraissant du moins sans blessure extérieure. Pour faire la montée, il n'avait pas mis la moitié du temps qu'il faut aux plus expérimentés.

« Mais oui, dit Yolande essayant de sourire, me voici bien vivante, les bras et les jambes au complet. Je vais pouvoir me lever, je vous assure. Je n'ai rien d'endommagé. Je ne méritais pas autant. »

Mais lorsqu'elle voulut se dresser sur ses pieds, elle poussa un cri de douleur et retomba lourdement.

« C'est aux chevilles que mademoiselle s'est fait mal, dit le guide. Voyez, le pied est tout enflé.

Yolande dut se laisser soulever puis étendre sur la civière, porter au long des rudes sentiers. Épuisée par cette terrible secousse, et aussi par l'effort qu'elle venait de faire pour rassurer ses compagnons, la jeune fille fermait les yeux et se taisait. Mais toutes sortes de pensées se heurtaient dans son cerveau.

« Il a fallu ce stupide accident pour que je sache que ce Gaston, qui me paraissait si nul et si veule, est pourtant capable de courage et de dévouement, à l'occasion. A quoi tiennent les choses? »

Et tout au fond d'elle-même, elle se disait aussi que Donald, son compagnon d'autrefois, était vraiment bien froid, et qu'il était resté bien silencieux et bien impassible devant le danger qu'elle avait couru.

XX

Au retour.

Par miracle, Yolande était quitte de sa folle équipée avec une entorse. On s'était gardé d'en dire les circonstances à sa grand'mère, voulant lui épargner d'inutiles émotions rétrospectives. Mais la jeune fille en avait fait le récit à Mme Goubaud, à qui elle ne cachait guère rien d'elle-même, sans omettre le rôle joué par Gaston.

« Auriez-vous cru votre neveu capable de risquer sa vie? lui avait-elle dit. Je lui fais amende honorable, et j'ai remords, je vous assure, de l'avoir si mal jugé. Et la gêne qu'il éprouve à entendre rappeler son acte de courage, cette rare modestie, n'est-ce pas étonnant aussi de sa part? Savez-vous qu'il m'a presque arraché la promesse de n'en rien dire? Et je le sens vraiment contrarié si j'y fais allusion. Je voudrais pourtant qu'on le sût. Cela changerait l'opinion à son égard. »

Mme Goubaud n'ignorait pas que la vérité était un peu différente. Au retour, Donald la lui avait dite avec simplicité. D'ailleurs, il jugeait son acte si naturel qu'il n'eût pas plus songé à le cacher qu'à s'en vanter. Mais dès l'instant qu'en se l'attribuant, Gaston le transformait en un fait d'héroïsme, la délicatesse lui faisait un devoir de se taire. Il avait trop de fierté pour disputer le rôle de sauveteur.

« Qu'importe, ma mère, avait-il dit à Mme Goubaud, stupéfaite du bel aplomb avec lequel son cousin s'était substitué à lui. Qu'importe? L'essentiel est qu'elle soit sauvée. Le reste est sans importance. Je ne sais quel parti Gaston compte tirer de son mensonge. Soyez sûre en tous cas qu'il doit lui peser. »

Mais lorsque Yolande entamait ce sujet, la sincérité de Mme Goubaud se trouvait mal à l'aise. Et aussi son cœur maternel n'était pas sans regimber qu'un autre recueillît les bénéfices du courage de son fils.

Yolande après quinze jours de soins, était en état de marcher. L'automne arrivait. Les touristes d'été quittaient Montreux, pour faire place, plus tard, aux amateurs des rudes plaisirs de l'hiver sur la montagne : patineurs, ludgeurs ou fervents du sky. Les Goubaud et les Cabassou regagnaient Paris, et comme les vrais Parisiens, après avoir été enchantés d'en partir, plus heureux encore d'y rentrer. En particulier Mme Cabassou. A cet âge, on ne goûte guère les déplacements. Et à aucune époque de sa vie, la bonne dame n'avait apprécié les beautés de la nature : « Votre pays de Suisse, disait-elle, il serait joli sans toutes ces montagnes qui vous coupent la vue ». Et pour elle, le Léman n'était « qu'un tiroir à courants d'air ».

Au retour, Donald était entré à l'École Polytechnique. Le premier mercredi de sortie, où il arriva en uniforme, Séraphine, la femme de ménage, venue lui ouvrir, l'accueillait avec des cris d'admiration et des roulements d'yeux extatiques :

« Seigneur Dieu! monsieur Donald, que

vous êtes beau! Quand je pense que je vous ai vu tout petit, pas plus haut que ça, en pantalons courts et en chaussettes, et vous voilà aujourd'hui avec une épée et un chapeau de gendarme! S'il n'y a pas de quoi être fière, pour une pauvre domestique. Tenez, vous me faites souvenir du vicomte de La Moricière, — une place où qu'j'étais en 88, non, en 89, même que c'était l'année de l'Exposition, et qu'mes patrons me donnaient toutes mes après-midis du dimanche pour la visiter. — Il avait fait des sottises, ce jeune homme, personne ne pouvait en venir à bout. Mme la comtesse me disait : « Ma pauvre Séraphine, qu'elle « me disait, — car elle n'était pas fière, — « vous verrez qu'un de ces jours M. le « vicomte passera en correction ». Et puis pas du tout. Il est entré à Saint-Cyr. Et la première fois qu'il est venu avec son plumet et son sabre, tous les domestiques pleuraient dans la cuisine, vu qu'il nous avait fait tant de misères...

— Mais moi, ma bonne Séraphine, je ne vous ai pas fait de misères », dit Donald interrompant ce verbiage qui menaçait de s'éterniser, car Séraphine n'avait pas perdu l'habitude des interminables récits sans queue ni tête.

Mme Goubaud, elle, n'avait rien dit. Elle regardait son fils. Et c'est vrai qu'il était beau dans ce costume, d'une beauté noble et mâle, élancé, bien pris dans sa tunique, le chapeau bicorne ombrageant ses yeux gris, un peu enfoncés sous l'arcade sourcilière, ses traits nets, sa bouche fière. Et quand elle l'eut regardé, elle lui prit la main, doucement, elle le conduisit devant un portrait, celui de son père, le capitaine Goubaud, et elle lui dit : « Il serait content ». Sans un mot de plus, elle l'embrasse. Et leurs yeux s'embuèrent de larmes.

« Tu sais, dit Mme Goubaud, que nous ne dînons pas ici. J'ai promis à mon élève et à sa grand'mère qu'elles auraient la primeur de ton uniforme. Nous y sommes invités ce soir avec ta tante et ton cousin. »

Donald fronça le sourcil, et sa physionomie si charmante quand un sourire l'éclairait, prit une certaine expression de dureté qui parfois figeait ses traits.

« Je vous en prie, ma mère, pourquoi ne pas passer cette soirée entre nous, à notre foyer, avec nos souvenirs? Je m'en étais fait une telle fête. »

Émue, Mme Goubaud retrouva, pour le grand fils, l'appellation d'antan, si douce aux lèvres maternelles :

« Écoute, mon petit, je me suis engagée. Je ne croyais pas t'être désagréable. Nous ne pouvons guère dire non, au dernier moment. Et quel prétexte invoquer? Ce serait bien mal répondre à leur attention. »

Donald se taisait. Une fois de plus, l'être de volonté qu'il était, accoutumé à dominer ses impressions et même ses sentiments, prit le dessus :

« Nous irons donc, puisque vous avez promis. Mais croyez-moi, notre place n'est pas là-bas. Nous devons y aller moins souvent. Et à nous deux, ici, ne sommes-nous pas heureux? Que pouvons-nous désirer de plus? »

De nouveau elle l'avait regardé, de ce regard pénétrant des mères, qui va jusqu'au fond du cœur de leur enfant

« Tu as raison, mon fils, dit-elle simplement. Nous irons moins souvent. »

Car elle avait compris ce qu'il ne lui disait pas, et qu'il ne disait pas à soi-même.

XXI

En l'honneur d'Yolande.

Yolande venait d'avoir dix-huit ans. Elle faisait ce que l'on appelle son « entrée dans le monde ». D'abord elle avait paru à quelques bals officiels, fêtes de charité, où sa jeunesse éclatante, la fraîcheur de sa beauté avaient produit sensation. On avait su qui elle était. D'autres invitations étaient venues, parmi le groupe des jeunes filles de la riche bourgeoisie qui se retrouvent aux cours et conférences à la mode. Et enfin l'oncle Goubaud, en son honneur, avait donné une fête magnifique. Tous les journaux mondains en avaient parlé. Il n'en fallait pas plus pour que la jeune fille fût « lancée » et presque à la mode.

Pour cette fête, l'oncle Goubaud avait mis tout son monde sur les dents. Lui si dédaigneux des questions d'élégance, il exigeait qu'on lui en soumît les moindres détails. En personne, il voulut conférer avec les tapissiers, les fleuristes, le maître d'hôtel, il surveillait la transformation du hall en salle de bal. Rien n'échappait au coup d'œil du maître, et nul n'osait regimber, ni sourire de ce vieil homme qui savait en imposer, en dépit de son bizarre aspect.

Et comme il se trouvait, on ne sait comment, que l'oncle Goubaud, ce sauvage, comme il s'appelait lui-même, avait le goût sûr, l'horreur du banal et du convenu, et un sens de l'art qu'on n'eût pas attendu de cette nature fruste, le résultat avait été une merveille.

Les chroniqueurs d'élégance avaient décrit à l'envi cette salle de bal toute tapissée de pampres où restaient suspendues les lourdes grappes de raisin, et que piquaient çà et là des roses, des roses blanches, des roses roses, des roses rouges, les guirlandes de lianes et de feuillage qui couraient au plafond, où l'électricité, en des corolles géantes, pareilles à des fleurs de rêve, jetait une lueur éblouissante, l'orchestre invisible, dissimulé dans des massifs de verdure. On ne tarissait pas sur la somptuosité du buffet, en décembre les piles de fraises et de cerises, les fruits exotiques, le champagne de la meilleure marque, et sur le cotillon somptueux, dont danseurs et danseuses remportaient, en souvenir, un objet de prix.

Mais où les reporters devenaient lyriques, c'était pour célébrer la beauté, le charme si jeune et si original de l'héroïne de la fête, Mlle Yolande Morisset.

Le fait est qu'à son entrée, un murmure d'admiration l'avait accueillie. Longue et fière comme un grand lys, fraîche comme un bouton moussu, l'idée d'une jeune nymphe, en la voyant, venait aussitôt à l'esprit. Dans sa robe de tulle rose, couronnée de ses cheveux d'or roux qu'enguirlandaient de simples feuillages de lierre, ses yeux de diamant noir rendus plus brillants encore par le plaisir, ses lèvres rouges entr'ouvertes par un sourire sur ses dents éclatantes, elle était le printemps, la jeunesse elle-même. Et l'on se prenait à murmurer sur son passage les vers fameux :

O Giovana, primavera della vita...

D'autres pouvaient avoir une beauté plus régulière, des traits plus classiques. Mais ce quelque chose d'ensoleillé n'était qu'à elle et les éclipsait toutes.

En son honneur, l'oncle avait fait cet acte prodigieux, d'endosser un habit, et, en tenue de soirée, de venir jouer son rôle de maître de maison, oh ! pas longtemps, juste assez pour la regarder danser, pour être témoin de son succès et recueillir autour d'elle les regards et les compliments. Et débarrassé de son accoutrement burlesque, de sa pipe et de sa ménagerie, il avait vraiment bon air, l'oncle Goubaud, sa longue barbe grise étalée sur son gilet blanc, redressant sa haute taille voûtée dans son frac de coupe irréprochable.

Quand un tourbillon de la valse amenait Yolande devant lui, elle lui jetait en passant :

« Je m'amuse, oncle, je m'amuse ! Votre fête est d'un réussi !... »

Un sourire venait aux lèvres du vieillard. Il était payé de sa peine.

Quelqu'un qui triomphait, ce soir-là, c'était Gaston. Maître de la maison, quasi héros d'une fête dont le Tout-Paris s'occupait, sa vanité exultait. Ce triomphe eût été sans nuage s'il n'avait entendu quelqu'un dire en montrant Donald :

« Ce n'est donc pas celui-là, l'héritier du nabab ? C'est dommage. Il a fière mine, ce jeune homme. »

Donald était arrivé assez tard dans la soirée, et discrètement, il attendait, pour s'approcher d'Yolande, qu'elle fût moins entourée. La première, elle était venue au-devant de lui :

« Vous ne dansez pas, monsieur Donald ? J'espère bien que vous allez m'inviter. »

Il s'inclinait :

« Seulement, voilà ce que c'est que de ne pas s'y être pris à l'avance. Mon carnet est presque rempli. »

Il dit en souriant :

« C'est une chance pour vous, mademoiselle. Je suis un si piètre valseur. »

L'Américaine Barbara Wilkinson s'était approchée :

« Ah ! monsieur Donald, disait-elle, comme c'est laid de mentir, pour un officier français ! Vous oubliez que nous avons dansé ensemble à Montreux. Et vous valsez très bien, au contraire. »

Le cotillon commençait tôt, occupant, selon la mode actuelle, la plus grande partie de la soirée. Yolande le conduisait avec le jeune maître de la maison. Et lorsque tous deux étaient venus se placer sous une sorte de dais fait d'hortensias et de feuillage, au milieu de ce cadre fleuri, ils formaient un tableau charmant. Gaston ne manquait pas de grâce, et son élégance mièvre était supportable dans ce milieu factice d'une réunion mondaine. D'ailleurs, il remplissait ses fonctions avec un sérieux imperturbable, et il les croyait assurément de la plus haute importance.

Les couples tournoyaient. Gaston cherchait un danseur pour faire la figure. Barbara Wilkinson lui désignait Donald. Et en amenant son cousin, Gaston, radieux, lui glissait à mi-voix :

« Mon cher, j'entends tout le monde dire autour de nous que nous sommes fiancés, Yolande et moi. Et l'on ajoute : « Quel joli « couple ! »

La figure terminée, Donald reprit sa place, appuyé contre l'embrasure d'une porte. Il était très pâle. Et sa mère, assise non loin de lui, qui le regardait, se leva, inquiète.

« Qu'as-tu, Donald? lui demanda-t-elle. Tu n'es pas malade?

— Ce n'est rien, ma mère, rassurez-vous. Je me sens seulement un peu fatigué. Je ferais bien, je crois, de me retirer.

— Veux-tu que je revienne avec toi? L'auto me ramènera ensuite pour reprendre Yolande après le cotillon.

— Je vous en prie, dit Donald. Je vous jure que je n'ai rien. Soyez sans la moindre inquiétude. »

Un instant après, Yolande s'approchait et demandait étonnée :

« Eh bien! où donc est Donald? C'est encore à lui de faire la figure.

— Excusez-le. Il se sentait un peu las, il a préféré rentrer. »

Yolande devint pourpre. Puis elle éclata de rire :

« Il recule au champ d'honneur, fi! un officier français! Eh bien! on se passera de lui. »

Tout le reste de la soirée, la jeune fille fut d'une gaieté étourdissante. Au matin, un dernier coup de tambourin annonçait le défilé final. Danseurs et danseuses évoluaient en déroulant des guirlandes de fleurs, gracieuse réminiscence des danses antiques, qui transformait en un spectacle de grâce la banalité des farandoles de salon. Une rose piquée au corsage d'Yolande s'en était détachée. Gaston la ramassa et la lui demanda galamment.

« Sans doute, dit-elle ; vous y avez droit. Vous l'avez doublement gagnée, et ce soir, et dans la montagne où vous avez exposé votre vie pour moi. »

Gaston, prudemment, regardait autour de lui. Et comme ni Donald, ni Marc-Antoine, humble témoin, mais témoin tout de même, n'étaient là pour entendre, il répondit avec chaleur :

« Ah! mademoiselle, je serais trop heureux de la risquer pour vous une seconde fois, — de la même manière que la première. »

XXII

Les prétendants.

La grand'mère d'Yolande inquiétait son entourage. Elle vieillissait et s'affaiblissait. Mais elle ne s'en obstinait pas moins à refuser les soins des médecins, qu'elle avait en souverain mépris, et s'en tenait à ses « tisanes » dont elle déclarait les effets infaillibles, capables de « ressusciter un mort ».

A vrai dire, la pauvre femme sentait le poids d'une longue vie. A ce mal, il n'est guère de remède. Elle ne souhaitait plus que le repos. Mais avant de s'en aller, comme elle le disait, rejoindre son cher défunt et sa petite, elle eût voulu voir la « mignonne » prendre mari.

Yolande, on le devine, ne manquait pas de prétendants. Un parti comme celui-là était une assez belle aubaine pour attirer les épouseurs. Et parmi les bonnes âmes qui se sont donné en mission d'arranger le bonheur des jeunes gens, souvent avec plus de zèle que de discernement, c'était à qui travaillerait pour celui d'une si riche héritière.

Dans le nombre des soupirants, trois présentaient le plus de chance. Un jeune maître de forges alsacien, qui, ayant rencontré Yolande en soirée, avait reçu le

DONALD DESCEND, S'AGRIPPANT TOUJOURS OU IL PEUT.

coup de foudre. Sa fortune était considérable, on ne pouvait l'accuser de sentiments intéressés. Le second, M. de Réthel, lieutenant de chasseurs frais émoulu de Saint-Cyr, possédait, sinon autant de fortune, du moins un patrimoine très présentable. De plus, il était joli garçon, et très répandu dans le monde. Enfin, le vicomte

de Chavigny, un peu désargenté, celui-là, mais ayant encore des terres, un château seigneurial, et à revenir à la mort de son noble père, un comtat des plus authentiques.

Yolande, aimable avec tous, ne manifestait aucune préférence.

« Décide-toi, une bonne fois, disait la grand'mère, tu les fais languir, ces pauvres jeunes hommes.

— Ils sont bien à plaindre, en effet! Réservez votre pitié pour de plus dignes sujets. Vous retardez, grand'mère...

— Mais enfin, qu'attends-tu, tu ne veux pourtant pas coiffer Sainte-Catherine, malheureuse enfant?

— Oh! grand'mère, je n'ai que dix-huit ans. N'est-ce pas bien trop jeune pour se marier? C'est cela qui devrait vous faire pitié.

— Sornette, bagatelle, disait la vieille dame en raffermissant son bonnet. Je me suis mariée à quinze ans et trois mois, et jamais ton grand-père, feu Cabassou, le brave homme, ne m'a donné un démenti. Et ta pauvre maman, elle en avait dix-sept, et elle aurait été bien heureuse, n'était ce cierge qui, d'un coup de vent, s'est trouvé éteint.

— Mais dans ce temps, les jeunes filles et les jeunes gens n'étaient pas ce qu'ils sont aujourd'hui, interrompait Yolande, qui connaissait de reste l'histoire tragique des cierges, et pouvait sans irrespect ne point en désirer une nouvelle édition. Et puis, grand'mère, j'ai encore tant de choses à apprendre, je me sens si ignorante. Et je suis bien ici, à côté de vous, si gâtée. Vous avez donc bien envie d'être débarrassée de votre petite-fille? »

Attendrie, la vieille dame se laissait embrasser. Pourtant elle revenait à la charge.

« Tiens, lui disait-elle avec un clin d'œil entendu, veux-tu que je te dise? Si tu refuses tous les partis, c'est peut-être bien qu'il y en a un qui ne s'est pas encore déclaré, et que tu l'attends, celui-là. »

Yolande devint rose jusqu'aux sourcils :

« Vraiment, grand'mère, dit-elle, et quel est ce personnage?

— Fais la mystérieuse. Une grand'mère y voit clair encore. Seulement il est bien jeune, celui-là, et puis, il n'est pas de noblesse. Et vois-tu, ce qu'il t'aurait fallu, fillette, ce n'est pas même un comte, comme le Chavigny... tu es née pour être princesse.

— Je ne me soucie ni de comte, ni de prince, grand'mère.

— Allons, tu ne veux pas le dire, petite masque, celui à qui tu penses? Il est si mignon, tiens, il me plairait aussi. Ah! s'il était d'une autre naissance!

— Mais qui vous dit, grand'mère, que celui-là se soucie de moi, ou voudrait seulement se marier?... Moi, je crois plutôt le contraire...

— Ah bien! il faudrait qu'il fût difficile! Une jolie fille, avec des manières et une grosse dot! Et c'est M. Goubaud, le pauvre vieux, qui serait content.

— Vraiment, grand'mère, vous croyez que l'oncle Goubaud s'intéresse à mon mariage?

— S'il s'y intéresse, le cher homme! Il t'aime comme sa fille. Et ce serait son rêve j'en suis sûre, de te voir mariée à son neveu. Vois-tu, ce jeune homme, pour l'instant, est un peu volage... il voltige de droite à gauche, parce qu'il n'a rien à faire. Mais je m'y connais, j'ai l'œil, sans en avoir l'air. Une fois marié, il fera la perle des maris.

— Lui n'a rien à faire? dit Yolande, surprise. Il voltige, comme vous dites? De qui parlez-vous donc, grand-mère?

— Mais, dit la grand'mère à son tour étonnée, de Gaston, de Gaston Goubaud. De qui veux-tu que je parle? Es-tu donc partie dans la lune? »

Il y eut un silence. Yolande était devenue muette. Mme Cabassou reprit :

« Que peux-tu trouver à redire à ce jeune homme? A moins de l'avoir, le titre, il ne lui manque rien. Si poli avec les dames! Et puis, veux-tu que je te dise, ma fille, il ne faut pas être une ingrate. Ton équipée, là-haut, sur ces montagnes, l'année dernière, cette folle badinade pour une fleur, tu me l'avais cachée. Mais j'ai bien fini par le savoir. Un jour, sans malice, le pauvre jeune homme me l'a contée. Et qu'il avait de l'ennui quand il a vu que je n'en savais rien! Au moins il m'a bien recommandé le secret. Pas moins, il t'a sauvé la vie, tu ne dois pas l'oublier.

— C'est vrai, dit Yolande d'un ton découragé, il m'a sauvé la vie. Mais voyez-vous, grand'mère, n'empêche que je n'ai pas du tout envie de me marier. »

Oh! la pauvre grand'mère, qui se croyait perspicace, que de choses pourtant elle n'a pas su lire, dans un cœur bien près du sien!

XXIII

La colère de l'oncle.

Si les êtres veules et nuls se contentaient de n'être bons à rien, — du moins, si ne faisant pas le bien, ils ne faisaient rien de mal! — mais il n'en va pas ainsi, et l'inaction est le plus sûr dissolvant de l'âme.

Tant que Gaston n'avait pas atteint l'âge d'homme, il s'était contenté de mener une vie absurde. L'oncle Goubaud faisait les frais de son luxe et de sa paresse et payait ses notes sans sourciller, ayant constaté, avec un flair un peu supérieur à celui de la bonne Mme Cabassou, qu'il ne tirerait rien de son héritier. Tout de même il le tenait en bride, ne lui laissant pas de grosses sommes entre les mains. Mais l'heure venait où le jeune homme allait être entouré de tentations. L'argent mis à sa disposition ne lui suffisait plus. La nuée de parasites, qu'attirent immanquablement les êtres de sa sorte, s'était abattue autour de lui. Les courses, le jeu, les distractions malsaines l'avaient pris tout entier, et pour combler le vide des heures désœuvrées, aux niaiseries encore inoffensives de l'adolescence avaient succédé les équipées dangereuses que la moindre circonstance suffit pour transformer en actes déshonorants.

C'est ainsi que Gaston, pour se procurer des ressources, — la pension qui lui était faite ne suffisant plus, non seulement à lui, mais à ceux, et surtout à celles qui vivaient de lui — était devenu l'assidu d'un cercle où l'on jouait à la roulette. Il s'était mis entre les mains des usuriers qui ne manquent point d'offrir leurs services aux fils de famille réduits à des expédients et dont ils exploitent l'inexpérience et la faiblesse. Plusieurs fois, à l'échéance, Gaston ne s'était pas trouvé en mesure de faire face à ses engagements. Ils avaient attendu, sachant qu'ils avaient tout intérêt à grossir leurs créances. L'héritier de M. Goubaud était de trop bonne prise pour qu'on pût éprouver la moindre inquiétude. Puis, lorsque les dettes allaient atteindre un chiffre considérable, ils menaçaient de s'adresser à M. Goubaud, pour effrayer le jeune homme et lui faire consentir le renouvellement de ruineuses opérations.

A plusieurs reprises, Mme Lantier avait pu tirer son fils de ces mauvais pas, épouvantée, comme lui, à la pensée que le bruit pourrait en arriver aux oreilles de l'oncle, dont tous deux conservaient une salutaire frayeur. Mais l'honneur est chose fragile : une fois entamé, il ne résiste guère. D'expédients en expédients, Gaston en arrivait fatalement aux indélicatesses. La faiblesse complice de sa mère augmentait ses exigences; la certitude de posséder un jour une énorme fortune lui ôtait tout scrupule et transformait à ses yeux des actes douteux en simples peccadilles. Qu'importait, après tout, par quel moyen il se procurait de l'argent, quand il ne s'agissait que d'un peu de temps à gagner, et qu'il était sûr d'en posséder bientôt dix fois plus qu'il n'en fallait pour combler les déficits? Ce qui, dans une situation médiocre, peut passer pour de l'improbité, avec la fortune en perspective perd tout importance. Du moins ainsi raisonnait l'héritier de l'oncle Goubaud. Mais au bout de ces raisonnements, il y avait une mort en prévision: triste calcul! et combien souvent déjoué par l'imprévu des événements!

En attendant, Mme Lantier avait bien du mal à payer les dettes de son fils. Un jour, affolée devant une grosse somme à verser, elle avait dû engager ses bijoux. Au milieu du luxe, sous les plus brillantes apparences, elle apprenait à connaître, plus qu'elle ne l'avait fait dans une situation besoigneuse, les affres d'une échéance, la terreur du créancier menaçant, le tressaillement que cause sur l'enveloppe d'une lettre une écriture inconnue. Sur la physionomie de l'oncle, elle épiait le moindre changement, toujours dans l'appréhension qu'il eût appris quelque chose. Et son existence était devenue misérable.

Auprès de son fils, elle avait risqué quelques observations. Gaston, qui n'eût sans doute pas été méchant, mais que l'égoïsme et l'oisiveté rendaient féroce, avait répondu brutalement. Après tout, c'était lui l'héritier, il serait le maître de cette fortune. Qu'avait-on à lui dire? S'il lui plaisait de la dilapider, il était libre, n'est-ce pas? Cela ne regardait personne.

D'imprudence en imprudence, il s'était laissé compromettre par des aigrefins. Puis, un jour, il avait été englobé dans une louche histoire de jeu au cercle. Il était question de tricherie. Le chantage s'en mêlait, et pour faire taire le scandale, ceux qui se prétendaient lésés exigeaient une grosse somme en compensation.

Jusqu'alors Mme Lantier avait soigneusement caché les folies de Gaston à son oncle. Mais cette fois elle n'avait pu parer à temps au danger. Cette vilaine affaire était arrivée aux oreilles de M. Goubaud, et il était entré dans une épouvantable colère, dont tremblait l'hôtel tout entier.

« Ma fortune, ce n'est rien; mais je lui ai donné aussi mon nom. Ce nom est sorti intact des pires misères. Jamais on n'a pu dire que ce pauvre diable de Goubaud, ce moussaillon sans souliers, ait eu le moindre acte contre l'honneur à se reprocher, même lorsqu'il était à demi mort de faim. Mon argent, je l'ai gagné honnêtement, à la force du poignet. Paresse, légèreté, sottise, je les aurais supportées. Mais qu'il y prenne garde, s'il porte atteinte à un nom intact, je le chasserai, je le déshériterai, il n'aura plus un sou de moi... D'ores et déjà, je lui donne quarante-huit heures pour se préparer à partir aux îles. Sinon, je le mets hors de chez moi. »

Épouvantée, défaite, Mme Lantier essayait de le calmer. Ah! certes, ce jour-là, elle ne songeait pas à se tamponner le visage, et à se donner des airs à la Greuze! Elle savait l'oncle Goubaud parfaitement capable d'exécuter ses menaces. Et Gaston, en ces derniers temps, avait été vraiment trop loin.

La pauvre femme n'était pas non plus sans un sourd remords. Elle ne se sentait pas à l'abri de tout blâme. En acceptant cette fortune, cette adoption, était-ce le bien de son fils qu'elle avait eu en vue, ou seulement la possibilité de satisfaire ses propres goûts de luxe? A quoi avait-elle songé, si ce n'est à sa satisfaction personnelle? Qui sait si Gaston, aux prises avec la vie, obligé de lutter, n'eût pas vu se transformer sa mollesse? A une telle nature, rien ne pouvait être plus funeste que cette fortune, qui lui rendait tout effort superflu. Sa belle-sœur l'avait dit un jour: la richesse est une grande épreuve. Pour y résister, il eût fallu une âme autrement trempée que celle de Gaston. Toutes ces réflexions se présentaient confusément à l'esprit de Mme Lantier. Les consciences les moins lucides ont de ces éclairs, et par instant la sienne en était traversée.

A l'heure présente, ce qu'il fallait à tout prix, c'était apaiser l'oncle, éviter cet exil qu'il venait de décider, et auquel son fils refuserait de se soumettre, elle le savait. Dans le danger, elle eut encore une inspiration :

« Ah! mon oncle, au lieu d'éloigner Gaston, si vous consentiez à servir ses projets! Il est coupable, c'est vrai; mais par légèreté et faiblesse seulement. Cette vie lui pèse. Son désir, croyez-moi, serait d'en sortir. Marié avec la jeune fille qu'il aimerait, vous verriez qu'il serait tout autre. Il est capable d'attachement profond. Yolande Morisset lui a inspiré un sentiment sérieux. Je vous livre un secret qui n'est pas le mien, car jusqu'ici Gaston ne s'est pas déclaré. Mais l'affection que vous-même témoignez à cette jeune fille me donne à espérer que vous apprendrez son choix sans déplaisir.

— Elle? dit l'oncle Goubaud stupéfait, devenir la femme de ce garçon, vous n'y pensez pas, ma nièce? C'est impossible. D'abord elle ne le voudra jamais. »

Mme Lantier, blessée malgré tout dans son amour-propre maternel, répliqua, pointue :

« Permettez-moi de vous dire que les jeunes filles en jugent autrement dans ces matières. Elles voient les choses à un point de vue différent. Et nous avons toutes raisons de croire qu'elle accepterait au contraire. »

La colère de l'oncle était tombée :

« Si cela était vrai, dit-il, ce serait bien la preuve que les femmes les plus sensées n'en extravaguent pas moins sur un certain point. Il ne la mérite à aucun égard. Mais qui sait, en effet, ce qui se peut passer dans une cervelle de jeune fille? Je ne suis pas grand clerc dans ces questions. En tout cas, qu'il y prenne garde : si vraiment elle accepte de devenir sa femme et que, dans l'avenir, il lui cause l'ombre d'une peine, c'est à moi qu'il aura à faire, et je vous en préviens, cette fois, je serai impitoyable. »

Le danger écarté, Mme Lantier restait pourtant inquiète. La vanité maternelle ne l'aveuglait pas au point qu'elle fût aussi sûre de la réponse d'Yolande qu'elle avait bien voulu le dire.

Gaston était devenu l'assidu d'un cercle où l'on jouait à la roulette.

« La seule chance d'apaiser ton oncle, disait-elle à son fils, c'est ce mariage. Il s'est engoué de cette jeune fille... il faut absolument qu'il se fasse.

— Soyez tranquille, dit Gaston avec fatuité, elle acceptera.

— Elle a refusé tant de partis!

— Justement. Elle attend que je me déclare. La vieille dame ne jure que par moi. Et quant à la « petite », à ses yeux ne suis-je pas une sorte de héros? elle est persuadée qu'elle me doit la vie. »

Sur ce chapitre, Mme Lantier n'insiste pas. Elle a toujours préféré ne pas approfondir. Et de tous ceux à qui cette histoire de sauvetage a paru incompréhensible, extraordinaire, c'est encore la mère du héros qui a éprouvé le plus de difficultés à y croire.

« Tout de même, dit Gaston, à mon âge, c'est dur de s'enchaîner!... »

Mme Lantier réfléchissait, chose qui ne lui était guère accoutumée :

« Il faut mettre toutes les chances de notre côté, dit-elle. La personne qui possède le plus d'influence sur Yolande, c'est ta tante. Je vais aller la trouver, lui demander de plaider ta cause. En la prenant par le sentiment et par l'intérêt, nous en ferons une alliée. Je lui ferai envisager qu'elle a tout avantage à ce qu'Yolande entre dans notre famille.

— Dommage qu'elle ne puisse pas la garder pour son fils! C'est encore cela qui arrangerait mieux ses affaires! »

Mme Lantier haussait les épaules, tant la supposition lui paraissait invraisemblable. Gaston d'ailleurs n'attachait aucune importance à ce propos. Les distances étaient telles, selon lui, que sa tante ne pouvait même ressentir de jalousie.

Mme Lantier n'avait pas perdu de temps. Le lendemain, chez sa belle-sœur, résumant la conversation, elle disait en prenant congé :

« Ainsi, c'est chose convenue, n'est-ce pas, ma chère? Nous comptons sur vous. Gaston est fou de cette jolie fille, l'oncle a le plus vif désir de ce mariage. Vous le voyez, c'est une union qui satisfera tout le monde.

— Ma chère Olga, répond Mme Goubaud, mon influence sur mon élève n'est pas telle que vous semblez le croire. Sous des airs en dehors, et parfois quasi étourdis, Yolande est une nature très réfléchie. Croyez bien qu'en la circonstance, elle n'écoutera qu'elle-même.

— Oh! dit Mme Lantier d'un air entendu, nous savons qu'elle ne voit que par vos yeux.... D'ailleurs, si c'est à vous que nous nous adressons, quoi de plus naturel? Les convenances, vous le comprenez, nous empêchent de parler directement à la jeune fille. La bonne maman Cabassou ne compte pas.... Si elle avait une mère, c'est elle que je serais venue trouver. Et n'êtes-vous pas sa mère en fait? »

Mme Lantier s'était levée. Sur le seuil de la porte, elle ajoute avec un sourire :

« Entre nous, je crois que vous n'aurez pas grand'peine. Elle lui témoigne en toute occasion une sympathie.... Et Gaston a reçu une fleur.... C'est assez significatif.... »

C'était dimanche. Donald venait dîner à la maison. Ses examens l'absorbaient. Il travaillait avec excès. Il avait pâli, et, malgré ses efforts, la fatigue se lisait sur ses traits énergiques.

« Donald, lui dit sa mère, ta tante est venue me voir. Elle avait une demande à m'adresser, et je dois te faire part de notre conversation.... »

Et quand elle eut parlé :

« J'ai voulu, dit la mère, dont la voix tremblait, te le dire moi-même, afin que tu ne l'apprisses point par d'autres. Je ne pouvais pas refuser, je n'ai pas de raison grave pour me dérober. »

Il y eut une pause :

« Moi aussi, dit enfin Donald, j'avais quelque chose à vous dire. L'examen de sortie approche. Je serai, je l'espère, dans les premiers. Mais ma décision est prise. J'entrerai dans l'armée, et j'ai choisi l'artillerie de marine. »

L'artillerie de marine! c'était l'exil, la perpétuelle absence, leurs deux vies séparées. La mère se taisait. Ce fils avait été son unique raison d'être. Elle lui avait sacrifié toute son existence de femme. Pas une de ses pensées qui n'eût été pour lui. Et maintenant, il allait partir, il la quittait. Mais la vie des vraies mères n'est qu'un perpétuel sacrifice, et d'abnégation en abnégation, celle-ci touchait au suprême renoncement. Et elle répondit :

« Je te comprends, mon fils, je ne t'en veux pas. Je sais que les plus rudes combats ne sont pas sur les champs de bataille. Et je te laisserai partir.

— Je vous aime, ma chère maman, dit le fils d'une voix pénétrante. Pourquoi faut-il que ce soit au moment même où je sens le plus, ce que vous avez fait pour moi, que je paraisse l'oublier? »

Le fils vint s'agenouiller devant sa mère, et lui qui tout enfant savait contenir ses pleurs, il pleura, pour la première fois peut-être de sa vie d'homme. Et ces larmes viriles coulaient une à une sur les mains maternelles qui, seules, sont capables de les essuyer.

ELLE LE CONDUISIT DEVANT UN PORTRAIT, CELUI DE SON PÈRE.

XXIV

Marc-Antoine *Deus ex machina.*

Mme Goubaud a rempli sa mission. Dans la chambre d'Yolande, nid charmant de soie et de dentelle, assise en face de la jeune fille, elle achève de parler. Et Yolande garde fixées sur elle ses magnifiques prunelles noires, flambantes d'intelligence, où perce plus d'émotion qu'elle n'en voudrait laisser paraître.

« Ainsi, bonne amie, car elle a remplacé par cette appellation celle de « madame », dont la froideur cérémonieuse depuis longtemps ne correspond plus à ses sentiments, ainsi, bonne amie, vous me conseillez d'épouser votre neveu, le beau Gaston?

— Ma chère enfant, sur un sujet aussi grave, j'estime que la personne intéressée doit être laissée libre entièrement de décider. Et d'ailleurs, je connais votre caractère indépendant; votre volonté, — Mme Goubaud sourit, — vous oubliez que je l'ai vue aux prises avec la mienne? Je ne crois pas qu'elle se laisse facilement influencer....

— Eh bien! bonne amie, permettez-moi de vous poser une question. Si j'étais votre fille, véritablement, au lieu de l'être par le cœur, me donneriez-vous à votre neveu? »

Mme Goubaud ne s'était pas attendue à ce coup direct. Embarrassée, elle cherchait à s'en tirer par une réponse qui ne portât point atteinte à sa droiture.

Yolande s'était mise à rire.

« Très bien, dit-elle, le silence est souvent plus expressif que toutes les paroles. Je sais maintenant à quoi m'en tenir. »

Et comme Mme Goubaud voulait protester :

« Alors, bonne amie, dit la jeune fille, dont le fin visage s'était animé, alors, vous m'aurez initiée à la vie de l'âme et de l'esprit; de la petite niaise que j'étais, vous aurez fait un être qui sent et qui réfléchit, vous m'aurez appris à goûter ce qui est beau, ce qui est noble. Et tout cela, pourquoi? pour que je devienne la femme d'un Gaston Goubaud? »

Émue, Mme Goubaud répondit pourtant :

« Il y a dans ce mariage des convenances de fortune, de situation.... Gaston est aussi d'un physique agréable.... Il a pu supposer que vous ne restiez pas indifférente aux sentiments qu'il vous témoignait. »

Yolande haussait à demi les épaules :

« Tenez, voulez-vous que je vous dise? Il y a une chose qui me gêne, c'est qu'il m'a sauvé la vie. Oui, c'est à peine croyable, et pourtant je dois me rendre à l'évidence. J'ai peur de faire preuve à son égard d'ingratitude. Cette existence qu'il a conservée au péril de la sienne, il y a presque droit, et s'il l'exige, je n'ai pas, moi, celui de la lui refuser. »

L'embarras de Mme Goubaud augmentait :

« Ma chère petite, si noble soit ce sentiment, je ne crois pas que la reconnaissance seule doive décider de votre choix. En une telle question, l'estime et l'affection doivent d'abord entrer en jeu. D'ailleurs croyez-vous, pour peu qu'il ait le cœur bien placé, que celui qui vous recherche consentît à vous devoir uniquement à la gratitude? »

Yolande la regardait. En ces derniers temps, un doute latent s'ancrait avec persistance dans son esprit. Vraiment, la modestie excessive de Gaston finissait par être suspecte. La gêne de Mme Goubaud ne l'était pas moins. Yolande pressentait quelque chose qu'on ne lui disait pas, et que d'autres savaient.

« Eh bien! bonne amie, je vous demande vingt-quatre heures pour réfléchir. Ce n'est pas trop, je pense, quand il s'agit de toute une vie. Et maintenant, le croiriez-vous, moi aussi, j'ai une demande en mariage à vous communiquer. — Ne riez pas, c'est plus sérieux que vous ne pensez. — Mon amie Barbara va quitter la France. Avant de partir, elle m'a dévoilé son cœur. Elle éprouve pour votre fils assez de sympathie pour désirer savoir si ce sentiment lui est rendu. Cela vous paraît bizarre, n'est-ce pas? Mais c'est très américain, paraît-il. Et après tout, ce n'est pas si déraisonnable. »

« En attendant que sonne l'heure de ces hyménées, reprit Yolande, qui avait retrouvé toute sa gaîté, voulez-vous que nous allions faire visite à l'oncle Gôubaud?

Mon vieil ami est plus souffrant. La funèbre musique de Concordia ne parvient pas à l'égayer. Et il m'a fait demander de venir le voir. »

Arrivée chez l'oncle Goubaud, elle le laissa seul un instant avec sa nièce, et se mit à la recherche de Marc-Antoine.

Depuis qu'il était un « monsieur », Marc-Antoine ne séjournait plus sur le haut des armoires. Elle le trouva à l'office, où il se contentait de lire le journal, un cigare à la bouche, les pieds plus hauts que la tête.

« Écoute, Marc-Antoine, dit la jeune fille, — car pour électeur qu'il fût devenu, l'habitude était restée de le tutoyer, — j'ai quelque chose à te demander. Mais promets-moi que tu me diras la vérité.

— Mademoiselle, je la dis toujours, répondit noblement Marc-Antoine, qui par cette seule réponse y portait déjà atteinte.

— Eh bien! tu te rappelles mon accident sur la montagne, autrefois en Suisse, quand je suis tombée dans le ravin. Raconte-moi comment cela s'est passé et comment j'ai été sauvée. »

Marc-Antoine en fit une narration fidèle. Et quand il eut terminé, la jeune fille, s'exclama, stupéfaite :

« Il n'en a jamais rien dit, mais c'est Donald qui m'a sauvée! Mais alors, Gaston n'y est donc pour rien?

— Lui, missié Gaston? hi hi hi! s'exclame Marc-Antoine, pris d'hilarité, pauvre missié Gaston! il ne savait que crier, et il tremblait de peur. Ah! le pauvre missié Gaston! »

Yolande savait ce qu'elle voulait savoir. Et ce soir-là elle parut joyeuse comme elle ne l'avait pas été depuis longtemps.

XXV

Le secret de Donald.

Yolande était assise au piano, devant elle une partition ouverte, *la Damnation de Faust*, l'immortel chef-d'œuvre de Berlioz. Elle chantait l'air du roi de Thulé. Mais plus encore que l'héroïne, Marguerite elle-même, elle était absente et distraite, et sa voix charmante avait de soudains silences que l'auteur n'avait point voulus.

La porte s'était ouverte. Elle se retourna. Donald venait d'entrer.

« Ah! monsieur Donald, ce n'est pas bien, dit-elle en venant à lui. Faut-il donc que l'on vous en prie pour que vous retrouviez le chemin de la maison?

— Excusez-moi, mademoiselle, j'ai eu beaucoup à travailler. »

Elle dit avec une petite moue :

« Même en étant très occupé, on peut trouver un instant, il me semble, pour venir voir ses amis. »

Elle parlait avec cette grâce simple et enjouée qui était sa grande séduction. « Regardez-moi bien, aujourd'hui, ne me trouvez-vous rien de changé? Je me présente à vos yeux avec une dignité nouvelle. Si je vous ai distrait de votre travail, c'est que l'on m'a chargée, auprès de vous, d'une mission. Mais oui, n'ayez pas l'air si étonné, je suis une ambassadrice. En un mot, voici, pour ne pas vous faire languir. Mon amie Barbara Wilkinson retourne en Amérique, et avant son départ, elle eût voulu savoir si elle ne laisse derrière elle aucun regret, et si quelqu'un, — vous par exemple, — n'eussiez pas souhaité la voir rester, ou revenir. »

Donald, d'abord surpris, répondit :

« Que votre amie se rassure, mademoiselle. Si en partant elle n'a point d'autre souci, elle peut quitter la France en toute liberté d'esprit.

— Sa demande était sérieuse, dit Yolande, et j'ajouterai qu'elle eût souhaité y recevoir une autre réponse. Elle a prévu le cas où vous pourriez en être surpris. Mais Barbara est une fille simple et loyale. Chez elle, les conventions mondaines ne tiennent pas la même place que chez nous, et elle a pensé qu'il était des circonstances où une femme devait savoir parler la première.

— Puisque vous avez bien voulu vous donner la peine d'être son interprète, voudrez-vous prendre aussi celle de lui rappeler ce que, dans sa bienveillance à mon égard, elle paraît avoir oublié? que je suis un jeune homme sans la moindre fortune, et que je ne saurais prétendre à une telle union.

— Que lui importe? dit Yolande. Elle est assez riche pour deux, et l'avantage de la fortune est précisément de pouvoir choisir selon ses sympathies.

— Je ne sais si en Amérique on accorde son estime à celui qui accepte de tout devoir à sa femme. Pour moi je lui refuserais la mienne.

— Ne peut-on donc aimer une jeune fille plus riche que soi?

— On le peut, dit Donald d'une voix brève, mais il faut savoir se taire.

— Pauvre Barbara! dit Yolande. Elle ne comprendra guère ces scrupules. J'aurais voulu pourtant la voir mariée à un ami. Notre intimité s'en fût resserrée, et le mariage ne nous aurait pas séparées. Car j'avais à vous faire part d'une autre nouvelle : mes fiançailles avec votre cousin Gaston. Sans doute n'en êtes-vous pas surpris, il paraît que tout le monde l'avait prédit. Elles ne sont pas encore officielles. Mais nous sommes, vous et moi, de vieux camarades, des amis d'enfance, et j'ai voulu que vous fussiez un des premiers à être informé de ce grand événement de ma vie.

— Permettez-moi, mademoiselle, de vous adresser mes félicitations et mes vœux... »

Il s'arrêta, la gorge serrée par une émotion si intense qu'il sentait tout son être en frémir.

Yolande poursuivait :

« Une fois mariée, il n'y aura rien de changé dans notre bonne camaraderie, et j'espère que vous continuerez à venir nous voir comme par le passé.

— Malheureusement, mademoiselle, je vais quitter la France. J'ai choisi l'artillerie de marine, et une fois sorti de Fontainebleau, je serai envoyé aux colonies ».

Il parlait d'un ton froid. Yolande le regardait. Ah! certes, celui-là saurait plus tard d'un visage impassible faire face à l'ennemi. Dans les pays barbares, il affronterait, s'il le fallait, la torture d'un front hautain. Le tourmenteur ne pourrait se vanter de lui arracher un cri de défaillance. Car il restait maître de soi devant le supplice moral le plus cruel qui puisse déchirer un jeune cœur.

Et soudain elle lui demanda : « Dites-moi : vous rappelez-vous cette phrase d'un des livres que nous avons lus naguère ensemble, alors que l'écolier studieux que vous étiez sacrifiait ses dimanches pour l'éducation intellectuelle d'une petite fille ignorante? « La vie du cœur est la seule « qui compte. Et ceux qui l'ignorent ne « connaîtront jamais qu'une existence fan- « tomatique ».

Et comme il ne lui répondait pas, elle dit :

« Quelle pauvre chose que la fortune! Faudra-t-il donc que j'y renonce pour connaître un sentiment véritable? Et avez-vous si triste opinion de la petite fille de jadis pour la croire capable de décider de sa vie sur de vaines considérations mondaines? »

Alors elle se leva, elle vint à lui, son joli visage, jusqu'alors un peu railleur, attendri et transfiguré. Elle lui tendit la main et elle lui demanda :

« Voulez-vous m'emmener aux colonies quand vous y partirez? »

Il se taisait toujours, car il comprenait que son secret, si jalousement gardé, était deviné.

« Que d'orgueil, Donald! lui dit-elle. Longtemps j'ai cru que vous ne m'aimiez pas, et aujourd'hui encore, votre cœur est si inflexible que je ne suis pas sûre de ne point me tromper. »

Cette fois le silence n'était plus de mise. Enfin le jeune homme parla. Il prit cette petite main qui s'offrait si loyalement à lui :

« Yolande, ma chère Yolande, dit-il, avec ma mère, vous aurez été l'unique affection de ma vie. »

Le bonheur les transfigurait, non pas ce facile bonheur obtenu sans effort, qui amollit et perd tout son prix, mais celui conquis par l'épreuve qui agrandit l'âme et la fait plus vibrante à toutes les nobles émotions. Maintenant assis à côté l'un de l'autre, ils se rappelaient les souvenirs d'autrefois, de menus faits auxquels chacun croyait avoir été le seul à faire attention et qu'ils conservaient tous deux chèrement dans leurs mémoires. C'était Yolande qui parlait. Lui, de nature concentrée et grave, l'écoutait, serrant de temps en temps la petite main qui pour lui contenait toute la joie de ce monde, et la pression de sa main, qui avait gardé la sienne prisonnière, répondait mieux que toutes les paroles; car il avait toujours été de ceux avares de leurs sentiments intimes, et qui les conservent jalousement au plus profond de soi-même.

Et il dit seulement : « Je ne croyais pas que l'on pût être si heureux !

— Votre mère, dit Yolande joyeusement, il faut qu'elle sache, tout de suite. Pauvre bonne amie, — elle riait de nouveau, la joie était son élément. — Si vous aviez vu son embarras, en ambassadrice de Mme Lantier, chargée de demander ma main pour le beau Gaston ! Et c'est grand-mère qui sera surprise ! »

Donald sortait du rêve. Son combat d'âme était prêt à recommencer.

« Elle ne consentira jamais, dit-il, et ni vous ni moi n'admettrons de passer outre à sa volonté !

— Bonne-maman ! dit Yolande, vous ne la connaissez pas ; d'abord, c'est vrai, elle sera un peu désappointée. Elle trouve votre cousin si joli, une miniature, comme elle dit. Mais au fond, pauvre grand'mère, elle n'a qu'un désir, c'est que je sois contente, et je le suis tout à fait. »

Elle était délicieuse, dans sa franche simplicité, et comme elle parlait, justement la vieille dame venait d'entrer.

« Vous arrivez bien, grand'mère, dit Yolande. Nous allions vous chercher. Je vais vous annoncer une nouvelle qui va vous faire bien plaisir. Je me marie et j'épouse le neveu de l'oncle Goubaud. »

Et comme la bonne dame, saisie, et un peu ahurie, regardait autour d'elle, cherchant le fiancé annoncé, et demandait naïvement : « Le beau Gaston ?

— Mais non, pas celui-là, l'autre, Donald Goubaud, on vous expliquera, grand'mère. C'est toujours un Goubaud et c'est même le seul authentique. »

La vieille dame ne revenait pas de sa surprise. La jeune fille coupait court aux explications en lui sautant au cou. Et Mme Goubaud, qui venait derrière la vieille dame, n'eut besoin, elle, de rien demander, un regard vers son fils lui avait suffi pour comprendre.

« Vous conspiriez contre moi, dit la jeune fille ; mais j'avais aussi mon complot. Par exemple, que direz-vous de votre élève, qui fait une déclaration la première ? Ce n'est pourtant pas ce que vous m'aviez appris.... Pardonnez-moi, bonne amie. Si je n'avais rien dit, tout le monde aurait été malheureux. Tandis que, vous allez voir... Nous allons tous être contents ! et cela va finir comme dans les contes de fées ! »

Comme dans les contes de fées ! L'atmosphère de la réalité est plus âpre, et il n'est point de bonheur ici-bas qui ne soit payé par quelque souffrance.

A cet instant, la femme de chambre paraissait, précédant Marc-Antoine bouleversé :

« Ah ! mademoiselle, un grand malheur, disait le nègre, venez, venez tout de suite. Missié Goubaud est bien malade. Missié avait demandé un journal du soir. On criait des nouvelles dans la rue, et quand missié a lu le journal, il est tombé raide, le papier dans les mains, les yeux tournés. Il ne parle plus, il ne bouge plus. Et il n'y a personne à l'hôtel, Mme Lantier et missié Gaston sont sortis, en soirée, venez tout de suite ».

Cette nouvelle que l'on criait dans la rue était celle d'une catastrophe terrible : le tremblement de terre de la Martinique, et l'oncle, en l'apprenant, était tombé frappé d'apoplexie.

XXVI

Joie et douleur.

Pauvre Yolande ! qui, dans l'épanouissement de son cœur, voulait que tout le monde fût heureux « comme dans les contes ! » Sur cette planète, joie et peine s'enchevêtrent, inséparables, pour former la trame même de l'existence, et l'une ne saurait exister sans l'autre.

L'oncle était ruiné : un instant, un éclair avait suffi pour détruire cette fortune édifiée avec tant de peine. Ainsi la nature se charge, mieux que tous les préceptes des philosophes, de nous démontrer de quel néant sont faits les biens de ce monde. Les richesses de l'oncle consistaient surtout en plantations. En outre, il s'était obstiné à laisser le plus clair de ses fonds dans les banques de son pays. A Fort-de-France, il possédait aussi des immeubles, il avait fourni de l'argent à différentes entreprises, à des compatriotes. Ce qu'il avait en France était peu de chose comparé au reste.

De plus, M. Goubaud, en ces derniers temps, et sans en rien dire à son entourage, s'était livré à des spéculations malheureuses. Réduit à l'inaction, il n'avait pas trouvé d'autre moyen pour guérir l'ennui qui le rongeait. Ne possédant plus le flair et l'énergie d'autrefois, il était devenu la proie des hommes de Bourse, et toutes ses opérations financières n'avaient abouti qu'à des pertes.

L'oncle Goubaud était tombé frappé à mort.

Cette catastrophe terrible, apprise sans aucun ménagement, s'abattant soudain sur un tempérament usé, sur une vieillesse désenchantée, avait achevé l'œuvre commencée par l'âge et les déboires. L'oncle Goubaud était tombé frappé à mort, tel un vieil arbre aux fibres usées, dont la sève est desséchée et qu'un coup suffit pour jeter à bas.

Maintenant il gisait, sans mouvement. La paralysie clouait ses membres sur le lit où on l'avait étendu. Yolande, Donald, Mme Goubaud, l'entouraient, sincèrement affligés, et Mme Lantier et Gaston, enfin rentrés, sortaient d'un bal, d'un souper, pour se trouver, affolés, épouvantés, au chevet d'un agonisant.

Au matin, M. Goubaud avait repris connaissance. Mais il ne retrouvait qu'à grand'peine l'usage de la parole, et le médecin, interrogé, n'avait pas caché qu'il ne s'agissait que de quelques heures de répit, et que la mort ne ferait pas grâce.

A ses pieds la vieille Concordia restait accroupie. Le maître s'en allait, et cette fois la fidèle servante avait affaire à une trop terrible adversaire pour la tenir en échec par ses herbes et ses amulettes. Le maître s'en allait, la terre natale était en cendres. Des milliers d'existences, des milliers d'êtres de sa race, en un instant avaient été anéantis. Et sa face simiesque exprimait une douleur stupéfiante et quasi animale.

Mme Lantier et son fils, débarrassés de leurs toilettes de parade, qui contrastaient si lugubrement avec ce décor funèbre, étaient rentrés dans la chambre de deuil. Yolande les avait laissés, pour prendre quelque repos. Et Donald et sa mère, par discrétion, voulaient se retirer. Mais l'oncle leur avait, d'un geste où il y avait un souvenir de son autorité passée, fait signe de rester. Avec un effort, il parvenait à leur tendre la main : « Je ne lui en veux plus, balbutiait-il en s'adressant à Donald, c'est moi qui aurais dû le comprendre, il ne pouvait accepter. Mais si c'était lui mon héritier, je partirais tranquille.... L'autre, le malheureux, que va-t-il devenir, il n'est bon qu'à parader.... Promettez-moi, promettez-moi.... » Mais cet effort l'avait épuisé. Sa langue s'embarrassait de plus en plus, et il ne pouvait rien ajouter.

Emu, le jeune homme serrait dans les siennes cette main devenu impuissante, et quand il semblait vouloir s'éloigner, les yeux de son oncle, ces yeux si mornes qui, chose étrange, étaient redevenus extraordinairement lucides, ces yeux, qui dans le visage ravagé avaient retrouvé leur regard perçant, restaient fixés sur lui avec une telle insistance qu'il ne résistait pas à leur ordre muet.

Chose étrange, son regard allait aussi vers son fils adoptif, avec une expression quasi suppliante. De sa main inerte, il avait essayé de tracer un signe. Efforts vains. Sa volonté, si puissante, était déjà à la merci d'une autre volonté, bien plus puissante encore.

C'est que le pauvre homme qui agonisait ne se sentait pas sans reproche. En Gaston, il n'avait jamais vu que l'héritier de son nom et de sa fortune. Mais avait-il jamais cherché à s'adresser à son cœur? Pouvait-il dire qu'il avait agi envers lui avec la patience et la sollicitude d'un véritable père? il le traitait durement, tout en lui laissant une liberté néfaste pour un être de cet âge et de ce caractère. Et il sentait ses torts, avec cette clairvoyance qui envahit la conscience à l'heure suprême, alors que l'on perd cette indulgence que l'on éprouve pour soi-même.

Puis, le soir, l'oncle avait de nouveau perdu connaissance, et il était entré dans ce grand repos, dans ce grand oubli que ne trouble nul souvenir terrestre, doucement, sans souffrance, mais avec un dernier regard pour Yolande, qu'on n'avait pu empêcher de revenir près de son vieil ami et d'y rester jusqu'à la fin.

Avant de s'endormir pour toujours, il avait fait comprendre qu'il voulait entendre un air de là-bas. Et la vieille Concordia, de ses doigts tremblants, avait une dernière fois, en l'honneur du maître, fait résonner les cordes de son banjo qui rendaient un son à peine perceptible.

Gaston avait entraîné Donald dans la pièce voisine. Incapable de se contenir il gémissait et récriminait :

« C'est épouvantable, cette catastrophe, cette mort! quel cauchemar.... Pourvu qu'il n'ait pas tout perdu.... Il ne parlait jamais de ses affaires, en somme nous ne connaissions pas sa situation véritable. »

Donald le fit taire rudement.

« Tu oublies que c'est de ton père adoptif qu'il s'agit. »

Gaston répondit :

« Tu en parles à ton aise. Tout cela ne change rien à ta situation. Mais après tout, envers moi, il avait des obligations. Je ne lui ai pas demandé de venir me chercher.

— A défaut d'autre sentiment, aie du moins la décence de te taire. »

Ainsi l'argent, l'intérêt personnel, était le seul lien qui avait uni ces trois êtres : la mère, le fils, et l'oncle. Et ce lien disparu, il ne restait qu'indifférence ou hostilité.

Gaston reprit :

« Et tout cela, au moment où se décidait mon mariage! on sait ce que sont les jeunes filles. L'affaire était faite.... Dieu sait maintenant si elle voudra encore de moi! »

Donald dit outré :

« Ce n'est guère le moment d'aborder ces questions. Mais, puisque tu m'y obliges, je dois t'avertir que Mlle Morisset est fiancée.

— Fiancée? ce n'est pas possible, dit Gaston. Et avec qui donc?

— Avec moi », répondit Donald.

Cette fois, c'en était trop pour le cerveau du pauvre garçon. Gaston se laissa tomber sur un fauteuil, et peu s'en fallut qu'il n'eût, lui aussi, un coup de sang.

XXVII

Épilogue.

A sept ans de distance, les deux belles-sœurs, Mme Goubaud et Mme Lantier, se retrouvaient dans le cabinet de Me Goblet, le notaire, Me Goblet, un peu plus blafard, un peu plus gras et un peu plus lourd, son masque d'acteur comique encore accentué, non moins théâtral, non moins empressé, et plus que jamais multipliant les politesses, les protestations et les ronds de bras.

« Pourquoi faut-il, mesdames, que je sois chargé de vous rappeler des souvenirs pénibles? Ah! certes, je ne m'attendais pas à nous voir réunis dans d'aussi douloureuses circonstances. Six mois se sont écoulés depuis la mort du regretté M. Goubaud et l'épouvantable sinistre.... Mais glissons sur ces événements, jetons un voile sur ces tristesses. Aujourd'hui, mesdames, j'ai le devoir de vous conduire dans un domaine aride, d'où le sentiment est banni. Il s'agit de chiffres. La vente de l'hôtel Goubaud est terminée. La villa des Mouettes, comme vous savez, n'a pas encore trouvé d'acquéreur. Cette vente a produit, avec celle des meubles et objets d'art, une somme assez considérable, bien qu'ayant été effectuée dans des conditions de précipitation telles, qu'elle n'a pu donner ce qu'on était en droit d'en attendre.

« Excusez-moi pour ces détails si peu faits pour les oreilles des dames, — salut et plongeon, — les dames! — ton lyrique, — charme et poésie de la vie! que l'on voudrait pouvoir tenir à l'écart de ces désenchantantes réalités! — reprenant une voix naturelle : Mais, enfin voici : sur la somme produite par la vente, dix-neuf cent vingt-trois mille francs environ, — le chiffre exact vous sera donné — quand nous aurons prélevé les frais de tout ordre et honoraires, règlement des notes de fournisseurs en cours, à l'époque du décès de M. Goubaud, droits de succession, etc., il restera encore à payer.... Ah! madame, de nouveau je m'excuse, — ceci à l'adresse de Mme Lantier, — et je passe rapidement sur un sujet qui peut vous affliger, hélas! les notaires ont de ces devoirs à remplir! Bref, il restera, disions-nous, les dettes personnelles de M. Gaston Goubaud, et j'ai le regret de constater qu'elles s'élèvent beaucoup plus haut que nous l'avions pensé. A chaque instant surgissent de nouveaux créanciers. Sans doute on a exploité la jeunesse, la générosité de ce jeune homme. Mais enfin les papiers sont en ordre, les signatures authentiques, et vous ne voudriez pas renier ce nom de Goubaud, ce nom synonyme de probité, d'honneur.... » M. Goblet s'écoute complaisamment, charmé lui-même de la façon dont il s'exprime, de l'élégance de ses périodes. Et Mme Lantier, l'angoisse au cœur, ne peut s'empêcher de revivre une scène semblable, sept ans auparavant, où, dans ce même cabinet, préoccupé comme aujourd'hui d'arrondir ses phrases et de ménager ses effets, le notaire la laissait languir dans l'attente d'une mystérieuse communication.

« En un mot, je glisse, mesdames, je glisse le plus rapidement possible, les dettes de l'héritier payées, il nous restera peut-être une cinquantaine de mille francs d'argent liquide sur l'ensemble de la succession. »

Mme Lantier est si affaissée qu'elle ne s'exclame même pas. Depuis six mois elle a subi tant de choses : le départ de l'hôtel, le campement dans un petit appartement, au fond d'un quartier perdu, pour y mieux cacher ce qu'elle considère comme sa déchéance, cette chute de si haut, cet effondrement définitif, tous ces chocs sont trop rudes pour sa faible cervelle et son âme sans résistance, et elle est encore sous le coup de la stupeur. Et c'est Mme Goubaud qui souffre pour sa belle-sœur, comprenant ce que doit endurer ce cœur maternel à voir étaler les fautes d'un fils en présence de tiers, et qui prend la parole :

« Pensez-vous, monsieur, demande-t-elle que ma présence ici soit utile? Je suis venue sur votre convocation, mais sans bien m'expliquer à quel titre je l'avais reçue. Mon fils et moi nous ne sommes pas les héritiers de M. Goubaud, et ma belle-sœur et mon neveu seuls me paraissent intéressés à cette succession.

— Précisément, madame, et c'est là qu'est le but de notre entrevue, — j'ai le devoir de vous apprendre que M. votre oncle avait en ces derniers temps, modifié ses dispositions testamentaires. Un second testament avait été déposé entre mes mains, — il vous en sera fait lecture, lorsque nous aurons réuni MM. Donald et Gaston Goubaud, retenus l'un et l'autre aujourd'hui, m'avez-vous dit, par d'autres soins. Pour le résumer, en un mot, M. André-Louis-Goubaud, revenant sur ses décisions

LE JEUNE HOMME SERRAIT DANS LES SIENNES CETTE MAIN DEVENUE IMPUISSANTE.

premières, ne laisse la totalité de sa fortune à son fils adoptif qu'au cas où il épouserait Mlle Yolande Morisset, à laquelle M. votre oncle s'était attaché d'une affection toute paternelle. Dans le cas contraire, c'est cette demoiselle qui devait en hériter, et l'héritier légitime n'en conservait que le cinquième.

« Ayant appris, madame, — le notaire poursuit avec un salut, cette fois, à l'adresse de Mme Goubaud — ayant appris les fiançailles de Mlle Yolande Morisset avec M. Donald Goubaud, j'ai pensé qu'il serait peut-être convenable, à propos, de conférer un instant avec la mère de ce jeune homme. Le regretté M. Goubaud, qui était un homme de haute valeur, avait bien voulu me faire venir pour s'entretenir avec moi de ses projets, — en quelque sorte amicalement, — avant de les dicter légalement au notaire.

« J'ajoute, madame, — se tournant vers Mme Lantier — qu'il est toujours possible d'attaquer un testament. Toutefois mon devoir m'oblige à vous prévenir que celui-ci est parfaitement en règle, et qu'il y a, par conséquent, peu de chance qu'une contestation soit accueillie. »

Mme Lantier est toujours muette.

« Je n'ai pas qualité pour décider, dit alors Mme Goubaud, c'est à Mlle Yolande et à mon fils de le faire. Mais, ajoute-t-elle avec émotion, je les connais assez pour préjuger de leurs actes, et je puis affirmer, je me porte garant, qu'ils laisseront à leur cousin tout ce qui restera de l'héritage. Quand M. Goubaud a fait ce second testament, il ne pouvait prévoir la catastrophe survenue depuis... et sa fin si soudaine qui ne lui a pas permis de revenir sur ses dispositions. »

Le métier de M. Goblet ne l'appelle pas à vivre, en général, dans une atmosphère de désintéressement, et ce n'est pas aux actes de générosité qu'il est accoutumé. Il est, au contraire, journellement témoin, et parmi les gens les plus fortunés, des luttes d'intérêt les plus âpres. Il s'incline, admiratif, et quelque peu surpris :

« Madame, l'héritier légitime vous saura gré, assurément, de ce beau geste, si toutefois les bénéficiaires du nouveau testament consentent à le ratifier.

— Ils le ratifieront, soyez-en assuré.

— Je vous remercie, Christine, dit Mme Lantier, qui parvient enfin à parler. Et elle ne se tient pas d'ajouter, non sans aigreur : au reste, par son mariage, votre fils va se trouver dans une situation telle que ces pauvres milliers de francs ne lui feront pas défaut.

— Mesdames, conclut le notaire, nous fixerons donc rendez-vous, pour en finir de toute cette affaire qui ravive de si douloureuses émotions. Le jour de M. Donald Goubaud sera le nôtre, puisque ce jeune homme, pris par ses devoirs à l'École de Fontainebleau, ne jouit que de peu de liberté. Il est beau de se sacrifier pour la patrie.

« Je vous en prie, mesdames, pas de remerciements. *Utendi et extendi* » — rond de bras, rond de jambe. — M. Goblet, décidément parfait dans « le rôle du notaire », n'a jamais tenu mieux l'emploi que ce matin.

Dehors les deux belles-sœurs font quelques pas ensemble :

« Mon pauvre Gaston ! dit Mme Lantier, avec amertume, qui nous aurait dit, il y a sept ans, que les choses finiraient ainsi ! Vraiment, c'est à douter de tout en ce monde. Voilà ce que c'est que de naître sous une mauvaise étoile ! Je le disais bien que nous n'aurions jamais de chance ! »

Pauvre créature, incorrigible dans sa frivolité, pas un instant ne se dit-elle que cette chance prétendue, qui, toujours lui a fait défaut, pourrait bien n'être autre que la vaillance, la sagesse et l'effort !

Mme Goubaud a l'âme trop haute pour relever la bassesse de ce propos. Et puis elle plaint si sincèrement la pauvre femme !

Elle essaie de dire :

« Gaston est si jeune ! tout l'avenir est devant lui !

— Dieu merci ! il lui reste son joli physique, et j'espère bien lui faire faire un mariage avantageux — redevenant pointue : Yolande Morisset n'est pas le seul parti qui existe au monde. »

En attendant, ce qu'elle se garde de dire, — et ce que Mme Goubaud sait d'ailleurs, mais dont elle ne parle pas — c'est que le jeune homme, obligé, coûte que coûte, de se suffire, s'est encore trouvé heureux d'entrer il y a quelques jours dans un magasin de nouveautés où, préposé au rayon des gants, il ne désespère point de séduire quelque riche héritière — vieille ou jeune, peu lui importe, — car l'élégance de sa cravate, et la grâce de ses manières, en admettant qu'il y reste, car le métier n'est pas si facile qu'il le pense, et il y faut une endurance et une activité dont il est fort à craindre que le beau Gaston ne soit pas capable.

« Alors, interroge Mme Lantier, Donald restera dans l'armée et partira aux colonies malgré la fortune de sa femme?

— Il en a fait la condition de son mariage, dit Mme Goubaud. Sinon, il eût plutôt renoncé au bonheur qui venait à lui.

— Et vous les laisserez partir, vous resterez seule? quand on est *riche!* — Mme Lantier a conservé une façon de prononcer ce mot! — Quand on est riche, courir les dangers d'une existence en pays lointains, comme les officiers de fortune, y exposer une jeune fille accoutumée à tout le confort de la vie! Bon pour ceux qui n'ont que leur épée et leur épaulette! Et vous, sa mère, vous y consentez? vous n'avez pas fait d'opposition?

— Je l'approuve, dit Mme Goubaud, et je l'y aurais encouragé, s'il l'avait fallu. »

Mme Lantier ne peut s'empêcher de hausser les épaules, imperceptiblement. Cette Christine et ce Donald! tantôt elle les trouve « très habiles » et tantôt elle les trouve « très stupides », selon les circonstances. Mais il est un fait certain, c'est qu'elle ne les comprendra jamais et qu'ils resteront pour elle des énigmes.

Rentrée chez elle, Mme Goubaud montait l'escalier un peu plus lentement qu'autrefois; car malgré sa jeunesse persistante, et bien qu'elle eût conservé sa taille souple, ses beaux cheveux blonds, les années n'avaient point passé sans l'atteindre. Elle avait beaucoup souffert, beaucoup lutté, et elle souriait, incrédule, quand Yolande ou Donald lui disait : « Vous serez toujours une jeune femme, je vous assure, vous avez l'air de notre sœur. » Que lui importait, au reste? Une jeune femme, elle ne l'avait plus jamais été, du jour où celui pour qui elle eût aimé conserver sa jeunesse était parti. Ses ambitions et ses joies étaient ailleurs.

Ce fut la fidèle Séraphine qui vint lui ouvrir :

« Mlle Yolande est venue, dit-elle, vous allez voir quelles belles fleurs elle a apportées. »

Le petit appartement brillait de propreté, d'ordre et d'élégance. Un rayon de soleil, entrant dans la pièce, éclairait les meubles reluisants, les tentures aux couleurs claires. Et sur une console, au-dessous même du portrait chéri, une énorme gerbe de lilas étalait ses thyrses blancs et mauves en répandant une senteur de printemps.

« Ce qu'elle était jolie, Mlle Yolande! disait Séraphine, et si gaie! une alouette. Et puis, pas fière. Elle est venue dans ma cuisine, elle a regardé mes casseroles de cuivre. « Séraphine, qu'elle m'a dit, on « s'y mire mieux que dans mon armoire à « glace. »

« Tout de même, poursuivait Séraphine, plus que jamais en veine de bavardage, tout de même, Madame n'y pense pas, ce que ce sera triste lorsqu'on ne les verra plus, qu'ils seront partis tous les deux dans ces pays de malheur! C'est comme mon gamin, lorsqu'il m'a quittée pour faire son service, et encore ce n'est pas si loin, c'est toujours en France, et je sais qu'il viendra me voir.... Madame pense, j'en ai déjà été si privée pendant qu'il était petit. Et pour qui que je travaillerais, si ce n'était pour lui! Pour en revenir à Madame, comment qu'elle fera pour vivre sans eux? Je me rappelle, Mme la vicomtesse de Lanjuinais, quand son fils est parti pour le Maroc.... »

Mme Goubaud ne répondit pas. Elle laissait Séraphine dévider l'écheveau de ses réminiscences enchevêtrées.

Et elle pensait que le sacrifice est l'essence même de la vie des mères.

Heureuses celles dont le sacrifice, comme le sien, porte ses fruits, et qui reçoivent dans les êtres aimés leur récompense!

Tant d'autres mères, elle le savait, se sont sacrifiées en vain!

TABLE DES MATIÈRES

I. — Nouvelle vie. 7
II. — Deux veuves. 12
III. — Jours passés. 14
IV. — Un revenant. 20
V. — Chez le notaire. 24
VI. — Mère et fils. 28
VII. — La roue de la Fortune. 30
VIII. — La petite diablesse. 35
IX. — Bonheur de riches. 38
X. — Bonheur de riches. 41
XI. — Bonheur de pauvres. 44
XII. — A l'hôtel Goubaud. — Maîtres et serviteurs. 48
XIII. — A Montreux. 53
XIV. — Yolande. 57
XV. — Coup d'œil en arrière. 59
XVI. — Le beau Gaston. 64
XVII. — Yolande et l'oncle font connaissance. 66
XVIII. — L'accident. 69
XIX. — Ce qui en résulte. 73
XX. — Au retour. 75
XXI. — En l'honneur d'Yolande. 76
XXII. — Les prétendants. 78
XXIII. — La colère de l'oncle. 81
XXIV. — Marc-Antoine *Deus ex machina*. 86
XXV. — Le secret de Donald. 87
XXVI. — Joie et douleur. 89
XXVII. — Épilogue. 91

642-21. — Coulommiers. Imp. PAUL BRODARD. — 9-21.

Œuvres illustrées de Jules Verne

SÉRIE A

Chaque volume in-8° illustré, broché .... 15 fr. cartonné .. 20 fr.

L'Archipel en feu.
Autour de la Lune.
Aventures de trois Russes et de trois Anglais.
Un Billet de loterie.
Le Chancellor.
La Chasse au Météore.
Le Château des Carpathes.
Le Chemin de France
Les cinq cent millions de la Bégum.
Cinq semaines en ballon.
Claudius Bombarnac
Clovis Dardentor.
De la Terre à la Lune.
Un drame en Livonie.
Le Docteur Ox.
L'Ecole des Robinsons.
L'Etoile du Sud.
Face au Drapeau.
Hier et Demain, Contes et Nouvelles.
Histoire de J.-M. Cabidoulin.
Les Indes noires.
L'invasion de la Mer.
Le Maître du Monde.
Le Phare du bout du Monde.
Le Pilote du Danube.
Le Rayon vert.
Robur-le-Conquérant.
Sens dessus dessous.
Le Secret de Wilhelm Storitz.
Le Tour du Monde en 80 jours.
Le Village aérien.
Une Ville flottante.

Les Tribulations d'un Chinois.
Voyage au centre de la Terre.

SÉRIE B

Chaque volume in-8° illustré, broché ... 30 fr. cartonné .. 38 fr.

L'Agence Thompson and C°.
Aventures du capitaine Hatteras.
Aventures de trois Russes. — Une Ville flottante.
Bourses de voyage.
Un Capitaine de quinze ans.
Les 500 millions de la Bégum. — Tribulations d'un Chinois.
Cinq semaines en ballon. — Voyage au centre de la Terre.
Deux ans de Vacances.
La Chasse au Météore. — Le Pilote du Danube.
César Cascabel.
Le Château des Carpathes. — Claudius Bombarnac.
De la Terre à la Lune. — Autour de la Lune.
L'Etoile du Sud. — L'Archipel en feu.
L'Etrange Aventure de la Mission Barsac.
Face au Drapeau. — Clovis Dardentor.
Famille sans nom.
Les Frères Kip.
Hector Servadac.
L'Ile à hélice.
Indes noires. - Chancellor.
L'invasion de la Mer. — Le Phare du bout du Monde.
La Jangada.
Kéraban-le-Têtu.
La Maison à vapeur.
Le Maître du Monde. — Un drame en Livonie.
Michel Strogoff.
Mirifiques aventures de Maître Antifer.
Mistress Branican.
Les Naufragés du « Jonathan ».
Nord contre Sud.
Le Pays des Fourrures.
P'tit Bonhomme.
Le Rayon vert. — L'Ecole des Robinsons.
Robur-le-Conquérant. — Un billet de loterie.
Sens dessus dessous. — Chemin de France.
Seconde Patrie.
Secret de W. Storitz. — Hier et Demain. — Contes et Nouvelles.
Le Spinx des Glaces.
Le superbe Orénoque.
Le Testament d'un Excentrique.
Le Tour du Monde en 80 jours. — Le Docteur Ox.
Village aérien. — Histoire de J.-M. Cabidoulin.
Vingt mille lieues sous les mers.

SÉRIE C

Chaque volume in-8° illustré, broché ... 35 fr. cartonné .. 43 fr.

Les Enfants du Capitaine Grant.
L'Ile mystérieuse.
Mathias Sandorf.

Les mêmes volumes, dans la Collection in-16 illustrée, brochés 9 fr., reliés 12 fr.

IMP. CUSSAC, PARIS.

www.ingramcontent.com/pod-product-compliance
Ingram Content Group UK Ltd.
Pitfield, Milton Keynes, MK11 3LW, UK
UKHW021554260726
13993UKWH00002B/823